KB165592

포스트 라이프

묘
보
설
림
—
13

왕웨이렌·하오징팡 외 지음
김택규 옮김

포스트 라이프

글항아리

| 일러두기 |

• 이 책은 『聽鹽生長的聲音-80後短篇小說集』(外語教學與研究出版社, 2016)에서 일곱 편의 작품을 가려 뽑아 묶은 것이다.

차례

포스트
라이프

後生命

—

왕웨이롄

■

나는 누구도 납득시키지 못했고 결국에는 나 자신조차 납득시키지 못했다. 그래서 당신들에게, 그를 최고의 신앙처럼 여겨온 당신들에게 어쩔 수 없이 "그를 죽인 사람은, 아마도 나일 겁니다"라고 말할 수밖에 없다.

나처럼 노련한 칩 연구자가 어떻게 밝고 폐쇄된 실험실 안에서 리멍 李蒙의 의식 칩을 잃어버렸을까? 나는 분명히 그것을 내 신체의 일부인 양 꽉 쥐고 있었다. 그런데 손톱보다 얼마 안 큰 그 물건이 내 손가락 사이에서 감쪽같이 증발해버린 것이다. 실험실에는 사각 死角이 없는 전방위 감시시스템이 있었으므로 금세 수십 명의 과학자들이 팀을 이뤄 사건 발생 당시의 삼차원 입체영상 기록을 계속해서 돌려보았다. 그들은 초등학생처럼 열심히 수십 번을 보고 나서 의아한 표정으로 서로 마주보았다. 칩이 왜 사라졌는지 도저히 알 수가 없었기 때문이다.

그 의식 칩은 결코 평범한 기계 부품이 아니었다. 거의 투명한 유기 조직으로 전자 신호와 신경세포 사이를 연결했다. 나는 줄곧 그 의식 칩이 우리 시대의 가장 위대한 발명품이라고 생각했다. 바로 이 발명품이 결국 우리 인류를 정보통신 문명의 카테고리에 편입시킬 것이라고, 다시 말해 그 작은 물건으로 인해 우리의 생명이, 적어도 생명의 일부는 더 이상 피와 살로 이뤄진 신체가 아니게 될 것이라고 확신했다. 이것은 더 이상 비유적인 견해가 아니라 평범하고 객관적인 사실이었다.

혹시 아직도 리멍이 누구인지 모르는 사람이 있다면 나는 당연히 그에게 리멍이 실험실의 흰쥐가 아니라 과학자이며, 또 나 같은 보통 과학자가 아니라 위대한 과학자라고 알려줄 것이다.

바로 그가, 의식 칩을 창조했다.

그는 우리 시대의 아버지다.

당신들은 이제야 비로소 내가 관련된 그 사건의 의미를 깨달았을 것이다. 리멍의 의식 칩을 잃어버린 것은 장차 거대한 기술적 재난이 될 게 분명했다. 오직 그만이 의식 칩의 근본 원리를 알고 있었다. 그가 없으면 의식 칩이 시대를 바꾸지 못해 인류의 부활 계획도 무한정 뒤로 미뤄질 게 뻔했다.

나는 강제로 실험실에 갇혀 죄수처럼 심문을 받았다. 그들은 틀림없이 내게 문제가 있을 것이라고 생각했다. 내가 무슨 수작을 부려 리멍의 의식 칩을 훔치려 한다고 의심했다. 나는 리멍의 의식 칩이 내게는 아무 소용이 없다고 설명했다. 리멍의 의식 칩은 다른 누구의 유전자 배열과도 맞지 않기 때문이었다(이것은 과학적인 상식이다). 하지만 검은 양복을 입은 그 엄숙한 표정의 남자들은 내 설명에 만족하지 않았다. 그들은 말했다.

"당신은 이 분야의 전문가잖아. 뭔가 계산이 있겠지. 의식 칩에서 비밀을 빼내 나중에 자기가 발견한 것처럼 발표하려는 건지도 모르고. 그런 표절 행위를 우리는 숱하게 보았지."

그것은 너무나 악의적인 추측이어서 나는 구역질이 났다. 그들은 비밀 기관의 요원이었고 나타나자마자 나를 범죄자 취급했다. 나는 결백했고 아무 짓도 하지 않았는데도 그들 앞에서는 위축이 되어 뭐라도 인정하고 그 상황을 모면하고픈 충동을 느꼈다. 하지만 무엇을 인정해야 한단 말인가? 내가 겁쟁이라는 것을? 나는 스스로 부끄러워해서는 안 된다고 생각했다. 죄책감은 인간이라면 누구나 갖고 있는 것이다. 그들 역시 마찬가지다.

"나와 리밍은 서로 가장 신뢰하는 파트너입니다. 그 사람이 내게 이 실험의 진행을 맡겼는데 내가 왜 그런 짓을 하겠습니까? 나 혼자서는 이 연구를 계속 하는 게 불가능합니다."

"그러면 스스로 자신한테 잘 물어보라고. 답을 얻으면 다시 우리한테 연락을 하고."

그들은 나를 실험실에 가두고 문을 잠갔다. 나를 즉시 감옥에 보내지 않은 것은 일종의 자비였을까? 나는 그들의 의도가 내게 자비를 베푸는 것이 아니라, 나를 '범죄 현장'에서 떠나지 못하게 함으로써 그 사라진 칩을 내가 바깥으로 못 갖고 나가게 하는 것이라고 판단했다.

나는 개처럼 바닥에 엎드린 채 계속 칩의 행방을 찾았다. 그래봤자 아무 소용이 없다는 것을 잘 알고 있었지만 그들의 압력에 눌려 그럴 수밖에 없었다. 나는 손가락으로 실험실 전체를 구석구석 더듬었다. 역시 헛수고였다. 건조해진 내 손가락에는 먼지조차 묻어 있지 않았다.

그림자가 생기지 않는, 빛이 균일하게 비치는 공간에서 나는 홀로 의자에 앉아 있었다. 주변에는 아무 인기척도 없고 시간도 소거된 듯해 외부 세계에 대한 판단력이 사라졌다. 몸이 어떤 형용하기 힘든 상태에 의해 부식되고 있다는 느낌이 들었다. 세포가 증발하면서 내가 투명해지고 있는 것 같았다.

당시 내가 의식 칩과 리밍의 대뇌를 연결하고 막 그의 의식을 그의 클론II의 두뇌 안에 전이시킬 준비를 하고 있었다는 사실이 떠올랐다. 지난번 클론은 그의 의식 칩을 받아들이지 못해 어쩔 수 없이 관리센터로 보내 소각해야만 했다(리밍의 유전자 배열 자체가 중요한 기밀이었기 때문이다. 보통 사람의 클론에 그런 일이 일어났다면 당연히 사이보그로 개조했을 것이다). 지난번의 실패로 인해 나는 무척 긴장한 상태였고 순간적으로 정신이 나간 듯했다. 그 순간이란 것이 기껏해야 0.4초도 넘지 않았지만 말이다. 설마 그 0.4초 사이에 칩을 분실했단 말인가?

하지만 칩은 분실된 게 아니라 사라졌다. 마치 이 세계에 원래 존재하지 않았던 것처럼.

두 손을 높이 치켜들었다(그 모습은 꼭 기도하는 것처럼 보였다). 손가락에 아직도 칩의 질감이 느껴지는 듯했다. 그것은 살아 있는 곤충같아 보였지만 당연히 움직이지는 않았다. 나는 그때 무균 장갑을 끼고 있기는 했지만 그래도 신선한 고기의 단면 같은, 그 끈적끈적한 표면을 느낄 수 있었다. 그것과 리밍의 대뇌를 연결했을 때 나는 그것이 미세하게 꿈틀거리는 것을 감지했다. 전혀 예상치 못한 일이었다. 리밍도 전에 그런 얘기를 해준 적이 없었다. 그래서 나는 긴장 때문에 내 근육이 떨린 것이라고 생각했다. 그 칩은 어떻게 생명과 비생명을 소통시키는 것일까? 리멍 자신조차 이론적으로 명쾌하게 설명하지 못했다. 그는 그저 끊임없이 갖가지 새로운 소재를 사용해 실험을 했을 뿐이다. 나는 그의 성공에 적잖이 우연적인 요소가 있을 수도 있다고 의심했다.

그 의심은 질투에서 비롯된 것일까? 나는 아니라고 생각했다. 확실히 과학의 발견은 때로 행운이 필요하다. 수많은 발견과 창조가 이론적 인식보다 선행했으며 역사적으로 그런 예가 수두룩하다.

두 손을 내려 무릎 위에 얹고 몽유병자처럼 주변을 살폈다. 내 시선이, 여전히 본래 자리에 누워 있던 리멍에게 가 닿았다. 리멍의 클론 Ⅱ는 건너편에 누워 있었다. 그들은 겉모습만 보면 구별하기가 어려웠지만 나는 언제나 고급 마네킹을 대하듯 클론을 다뤘다. 몸을 일으켜 그들에게 다가갔다. 그들은 이미 호흡이 정지되어 있었다. 보통의 칩 수술은 심장과 폐 같은 신체기관의 기능에 영향을 주지 않지만 이번 수술은 철저한 의식 전이여서 대뇌가 전혀 기능하지 않았으므로 다른 기관들은 자연히 통제가 되지 않았다. 그래도 그 두 신체는 실험실의 세포 응집 장비에 연결되어 있어서 장기 보존이 가능했다. 그들이 아직 옮겨지지 않은 것은 역시 칩의 유출이 우려됐기 때문이었다. 또한 내게 어떤 침통한 메시지를 상기시키려는 목적도 있었다. 내가 친구를 죽였다는 것을 말이다.

작은 칩 하나가 사라진 것으로 인해 그 신체는 생명의 의미를 송두리째 잃고 말았다. 그저 껍데기로, 물질적 성질만을 가진 생체 조직으로 변해버린 것이다. 이것이 바로 죽음인가? 우리는 죽음의 정의를 리멍에게 적용할 수 있을까? 나는 리멍의 몸 옆에 서서 그를 응시했다. 그는 편안한 모습이었다. 언제라도 깨어날 것만 같았다. 손을 뻗어 리멍의 얼굴을 만졌다. 딱딱하고, 차가웠다. 꼭 냉장 캐비닛 안의 시신 같았다.

나는 결국 울음을 터뜨렸다.

리멍은 내 절친한 친구였다. 우리는 같은 분야에서 이십 년을 함께 연구하며 깊은 우정을 맺었다. 나는 그가 그렇게 일찍 이 세상을 떠날 지 몰랐으며 더구나 내 손에 최후를 맞을지는 더더욱 몰랐다. 내가 울음을 터뜨린 것은 사고가 터진 후 이번이 처음이었다. 그 전까지는 줄 곧 멍한 정신 상태에 빠져 있었고 그 일이 진짜라고 감히 믿지 못했 다. 나는 결국에는 칩을 찾아내 리멍이 바로 소생할 것이라고 생각했 다. 나의 그런 기대는 결코 얼토당토않은 것이 아니었다. 인류는 이미 대부분의 질병을 극복해서, 병이 대뇌를 손상시키지만 않으면 대다수 가 백 살까지 살 수 있기 때문이었다. 게다가 리멍은 그때 겨우 마흔 살이어서 아직 한창 왕성하게 활동할 나이였다. 나와 다른 사람들은 언제나 그의 지성이 조만간 인류 부활의 핵심 기술을 발견해낼 것이 라고 믿어 의심치 않았다.

눈물은 이내 말라붙었고 실험실의 한결같은 조명과 온도 때문에 내 울음이 꼭 바보의 잠꼬대 같다는 느낌이 들었다. 나는 리멍 곁에 앉아 그의 얼굴을 바라보면서 만약 지금 그가 아직도 의식이 있다면 어떻게 이 일을 처리할지 상상했다. 그리고 마음을 가라앉히고 과학 자처럼 온 정신을 기울여 칩이 어디 있을지 고민했다.

그 칩이 일반 칩과는 다른, 유일무이한 것이라고 이미 말한 바 있 다. 이미 양산 단계에 들어선 일반 칩은 인체의 기억 대부분과 일부 사유 구조를 복제할 수 있을 뿐이었다. 그 정도만으로도 확실히 인공지능 분야에서 대단한 진보이긴 했지만 본질적으로 그것은 아직 생명의 복제 혹은 모방일 뿐, 생명의 진정한 전환과 추출, 나아가 부활과 영생은 아니었다.

이 점을 나는 그 전에는 잘 이해하지 못했다. 언젠가 리멍과 한 차례 말다툼을 하기 전까지는.

"생명이라는 게 도대체 뭐라고 생각하지? 의식의 근원은 너무나 신비하다고!"

그때 리멍은 흥분해서 내게 소리를 질렀다. 그의 두 눈에는 눈물이 그렁그렁 맺혀 있었다.

"단순히 생명을 복제하는 것만으로는 인류의 운명을 근본적으로 바꾸지 못해. 과거에 인류가 생식으로 후손을 번식시켰다고 한다면 이제는 유전자 기술로 직접 인체를 복제할 수 있다는 것이 차이이기는 하지. 어쨌든 무성 번식을 실현하기는 했으니까. 하지만 본질적으로는 큰 차이가 없다고!"

"나는 네 말에 동의할 수 없어."

나는 당시 리멍이 그런 말을 하는 것이 놀라웠다.

"인류가 유전자 기술을 파악하고 나서 네가 생명과 비생명을 연결하는 기술을 개발했잖아. 그래서 우리는 컴퓨터에 기억을 저장하고 또 대뇌로 직접 기계를 통제할 수 있게 되었다고. 이건 정말 위대한 창조야! 네 연구는 이미 조물주에 거의 가까워졌다고!"

"하지만 내 연구가 큰 난관에 부딪쳤다는 것을 너도 알고 있잖아."

리멍은 한숨을 쉬고는 실험실 벽에 등을 기댄 채 바닥에 주저앉아 팔로 머리를 감싸 안았다.

"우리 어머니는 뇌암에 걸렸었어. 그건 무시무시한 병이었지. 그때 나는 서둘러 나노머신을 어머니의 머리에 주입해 암세포를 제거했어. 하지만 그 치료 방식은 죽음을 뒤로 미룰 수 있었을 뿐, 병을 완치하지는 못 했어. 그래서 나는 어머니의 줄기세포로 어머니의 인체를 복제했지. 너도 기억할 거야. 그때 우리는 막 복제 기술을 파악했을 때와는 달리 단세포 증식 방식으로 복제를 했잖아. 그렇게 단세포로 성인을 만들어냈지. 시간이 오래 걸렸고 의식도 전혀 다른 사람의 것이긴 했지만 말이야. 지금 우리는 유전자 배열을 추출한 뒤 동시에 각 기관을 복제해 결국 하나의 인체로 조립해내는 방식을 쓰고 있지. 심지어 클론의 신체 연령까지 설정할 수 있고."

"맞아. 너는 가장 빠른 속도로 석 달 만에 네 어머니의 마흔 살 때에 해당하는 신체를 복제했었지."

나는 그렇게 대화하는 방식으로 그가 생각을 정리할 필요가 있다는 것을 알고서 그가 계속 이야기하게 유도했다.

"하지만 나는 어머니의 의식을 클론의 대뇌에 전이시키지는 못했어. 칩으로 어머니의 기억 전체를 복제해 클론의 대뇌 안에 이식했지만 활성화해 깨우지는 못했지. 겨우 전자뇌 설비의 힘을 빌려 그 클론을 깨우기는 했지만 그건 조잡한 복제품에 불과했어. 그녀는 어머니를 흉내 내기는 했지만 어머니는 아니었다고."

리밍은 주먹을 불끈 쥐고 고통스러운 기억 속에서 몸부림쳤다.

"그래서 너는, 단지 기억을 복제하는 것은 생명의 전이가 아니라는 것을 깨달았잖아."

나도 그 옆에 앉으며 말했다.

"생명의 전이는 의식 전체의 전이가 필요하다고. 하지만 의식이라는 게 도대체 뭐지? 의식은 물질이야, 아니면 비물질이야? 과학이 이렇게 발전했는데도 우리는 뜻밖에 철학적 곤경에 빠지고 말았어. 분과 학문으로서의 철학은 이미 오래전에 사멸해서 더 오래된 신학 책처럼 아무도 들춰보는 사람이 없게 됐는데도 말이야."

리밍은 흐느끼는 목소리로 말했다.

"임종을 앞두고 어머니가 아직 의식이 있었을 때 나는 어머니한테 말했어. 꼭 어머니를 부활시키겠다고 말이야. 그런데 어머니는 무척 화를 내면서 내게 다짐을 받아내려 했어. 유언장에 적힌 대로 꼭 자기를 화장해달라고 했지. 기억이 담긴 그 칩까지 함께 말이야. 어머니는 철저히 사라지기를 바랐다고. 너도 알고 있을 거야. 그 당시 돈깨나 있는 사람들은 하나같이 어떻게든 자신의 유체를 보존해서 훗날 부활의 기술이 개발되면 다시 깨어나 삶을 즐길 수 있기를 갈망했지. 게다가 나는 언제나 믿고 있었어. 내가 바로 그 부활의 기술을 개발해낼 사람이라는 걸 말이야. 또한 내가 첫 번째로 부활시킬 사람은 당연히 우리 어머니였지. 그런데 어머니는 철저히 자신을 소멸시켜주길 바랐어. 어머니는 왜 그랬던 걸까?"

"너는 어떻게 했지? 정말 어머니를 화장했어?"

리밍의 어머니가 그렇게 단호한 입장이었다는 것이 나는 놀라웠다. 그리고 리밍의 의문에 답하기는 어려웠지만 왠지 심정적으로 그녀의 선택이 이해가 갔다.

"내가 어떻게 했을 것 같아?"

리밍은 내게 거꾸로 물었다.

"내가 아는 너는, 틀림없이 어머니의 유언을 어기고 기억과 신체를 남겨두었을 거야."

리밍은 내 말에 답하지 않고 다른 이야기를 했다.

"임종을 앞둔 사람이 자신의 기억을 칩에 담아 메인 시스템에 업로드하는 것에 동의하면 그들이 어떻게 되는지 알지? 죽지 않고 생전의 기억을 가진 채 전자의 세계 속에 있는 걸로 간주되지."

"맞아. 그들은 전자화된 존재가 되지."

나는 그에게 또 물었다.

"그러니까 네 어머니의 기억도 메인 시스템에 업로드했다는 거야?"

"그들의 가족은 그렇게 하는 것을 좋아하지. 자기 피붙이가 영생을 얻어 전자의 세계에서 행복하게 살 거라고 생각하거든."

리밍은 계속 혼잣말을 했다. 그의 입 꼬리가 아래로 처져 있었다. 비웃는 것인지 슬퍼하는 것인지 알 수가 없었다.

"설마 그게 아니란 말이야?"

나는 틈을 보다가 그에게 반문했다. 그는 무척 토론을 즐기는 사람이었고 나는 그에게 새로운 사유를 촉발하기 위해 늘 쉬지 않고 또 다른 과녁을 제시하곤 했다.

"설마 너도 그게 정교한 거짓말이라는 걸 모르는 거야? 그 불쌍한 사람들은 죽음을 앞두고 영원한 세계로 들어가는 환각을 체험할 뿐이야. 그러고 나서 완전히 죽어버리지. 영원한 전자의 세계라는 게 어디 있어? 그 전자의 세계가 아둔한 세상 사람들에게 보여주는 건, 메인 시스템이 죽은 자의 기억을 모으고 그의 생전의 이미지를 본떠 보여주는 유토피아일 뿐이야. 그런 식으로 산 자들에게 떠들어대지. 그들이 거기에서 행복하게 잘 살고 있다고 말이야. 산 자들은 또 그걸 철석같이 믿고!"

"네 말이 맞긴 하지만 확실히 그게 큰 위로를 주기는 하잖아. 죽은 자에게든 산 자에게든 말이야."

나는 그에게 레몬 홍차를 타주며 얼음도 넣어주었다. 그가 마음을 가라앉히길 바랐다.

"세상 사람들에게는 위로가 되지만 내게는 그렇지 않아. 내게는 반대로 크나큰 고통이라고."

그는 차 한 모금을 마시고 목젖을 꿈틀거렸다. 그 모습이 다소 유치한 반항을 하는 것처럼 보였다.

그가 나를 응시하며 물었다.

"내 심정이 이해가 가?"

"이해가 가지. 그건 우리 모두의 한계니까."

"맞아, 한계지. 우리를 압박해서 숨도 못 쉬게 만드는."

"정말로 철학자나 신학자가 말한 것처럼 인간에게는 영혼이 있는지도 몰라."

말을 마치고 나는 한숨을 쉬었다. 며칠 전 의식 데이터베이스에서 찾아낸, 고대 인도의 『바가바드 기타』가 생각났다. 거기에는 "헌 옷을 벗고 새 옷을 입듯, 죽은 뒤 영혼은 몸을 떠나 새 몸을 얻네"라는 노래 가사가 있었다.

"뭐야, 왜 이렇게 퇴보한 거야?"

리밍은 고개를 숙였다. 내게 실망한 듯했다.

"영혼은 고대인의 개념이야. 지금 시각으로 보면 부정확한 비유적 견해일 뿐이라고. 우리는 첨단에 선 과학자로서 영혼의 본질이 뭔지 밝혀내야만 해. 밝혀내지 못하는 비밀이 있다는 건 인류의 지혜가 아직 모자라다는 걸 입증할 뿐이야."

"그래, 아직 기나긴 탐색이 필요하지. 아마 이건 우리 세대가 해결 못할 난제인지도 몰라."

"방금 전에 네가 말한 대로 우리 세대는 기억과 신경세포의 신호를 전자 신호로 바꿔 생명과 비생명을 소통시켰어. 이건 엄청난 발견이라고. 나는 이것만 생각하면 깊은 자부심을 느껴. 하지만 이것 때문에 더 초조해졌지. 나는 늘 생각하곤 해. 만약 의식이나 네가 말하는 영혼도 전자 신호로 바꿀 수 있다면 어떻게 될까? 우리는 이 피와 살로 된 육체를 완전히 벗어나 어떤 설비 안에서도 살 수 있을 거야. 예를 들어 네 의식을 우주선에 장착해 우주 공간을 탐험할 수도 있겠지. 그러면 네가 바로 그 우주선이고 그 우주선이 바로 너인 거야. 너무 묘하지 않아?"

그 이야기를 하면서 리밍은 마치 그 일이 벌써 실현된 듯, 방금 전의 우울한 표정은 어디로 갔는지 만면에 활짝 미소를 지었다. 그것은 그가 가장 매력적인 순간이었다.

"하지만 나는 우주선이 되고 싶지는 않아."

"그건 문제가 안 돼. 우주선이 돌아오면 네 의식을 다시 네 클론으로 옮기면 돼. 너는 그 전처럼 서른 살의 청년이 돼서 계속 아가씨들과 놀 수 있다고, 하하."

그는 기쁨을 주체하지 못하고 찻잔을 번쩍 들었다.

"정말 네 어머니를 화장한 거야?"

나는 그에게 찬물을 끼얹었다.

"됐어. 내가 못 그런다는 걸 알면서 또 왜 묻는 거야."

그는 등을 돌리고서 베토벤 9번 교향곡을 흥얼거렸다.

"미래에 과학이 아무리 발달해도 그렇게 위대한 음악가는 다시 나타나지 않을 거야. 이것도 나를 매우 곤란하게 하는 문제지. 아, 생명은 너무 묘해."

그는 감동에 젖은 목소리로 말했다.

"너무 묘하다"는 말은 이미 그의 입버릇이 되었다. 나는 그의 뒷모습이 실험실 제3구역 쪽으로 향하는 것을 지켜보았다. 그곳은 그만의 왕국이었다.

그날부터 리멍은 한도를 모르는 고강도 연구에 돌입했다. 내가 자기 연구에 깊이 관여하려 하자 그는 거절했다. 내가 불쾌한 기색을 보였는지(확실히 그가 나를 경계하는 게 아닌지 속으로 의심하기는 했다) 그가 내 어깨를 두드리며 말했다.

"이번에는 정말 네가 나를 도와줄 수가 없어. 내 자신을 이용해 실험을 하려고 하거든. 의식과 관계된 실험이어서 직접 체험을 해야 미묘한 느낌까지 포착할 수 있어."

그 말에 나는 오해가 풀려 부끄러움을 느꼈다. 하지만 이번에는 또 그의 건강이 염려가 되었다. 만일 그의 의식이 손상되면 큰일이었다! 하지만 그는 하루 세끼만 잘 먹으면 자기는 문제없다고 나를 안심시켰다. 본래부터 그는 굉장한 대식가였다. 한 끼에 쇠고기 한 근, 새우 반 근 그리고 많은 양의 채소와 과일을 다 먹어치웠다. 주치의는 그것이 그의 왕성한 창조력의 표현이라고 생각했다. 하지만 내 생각은 달랐다. 그건 초조함의 표현이었다. 나는 의사가 아니므로 내 말을 믿어줄 사람이 있을 리가 없었다. 그래서 언젠가 넌지시 본인의 생각을 떠보았는데 그는 어물거리며 답했다.

"그 문제는 생각해본 적이 없는데. 그런데 그게 문젯거리가 되나? 위가 망가지면 바꾸면 그만이잖아."

"맞아. 너는 벌써 한 번 바꿨는데 두 번 바꾼다고 문제가 될 리 없지."

나는 뭐라고 충고해야 할지 몰라 그만 그를 비웃고 말았다.

"대뇌도 바꿀 수 있으면 좋을 텐데."

그는 내 비웃음을 무시하고 자기 생각에 빠졌다. 두 손으로 머리를 감싸 쥔 채 두 눈을 질끈 감았다.

난제는 대뇌에 있었다.

대뇌는 노화되면 리밍의 어머니처럼, 최첨단의 나노머신으로 뇌세포를 복구해도 근본적인 치료는 불가능하다. 그 용광로 같은 장기는 결국 다 타버린 재가 되고 만다. 그래서 대뇌의 건강이 생명의 커다란 한계로 떠올랐다. 부활이든 영생이든 의식 전이든 먼저 대뇌의 비밀을 밝혀야만 했다.

하지만 안타깝게도 그 분야의 연구는 계속 정체되어 있었다. 인류는 이미 원래의 신체와 똑같은 대뇌 조직을 복제해낼 수 있긴 했지만 그것은 끝내 인간의 생명처럼 의식을 얻어 '소생'하지는 못했다(이상하게도 단세포 증식을 통해 천천히 성장한 것은 새로운 생명이 될 수 있었다). 과학자들은 할 수 없이 컴퓨터를 대뇌 조직 내부에 이식하여 프로그램과 전기로 신경세포 조직을 움직였다. 하지만 그런 인간은 사이보그일 뿐이었다. 사이보그는 가정용 시장에서 크게 환영을 받아 집사, 하녀, 섹스 파트너, 대리모 등의 역할을 했다. 가격이 매우 높아서 기본적으로는 부호들만의 독점물이었다. 물론 어떤 이들은 여러 해 돈을 모아 그런 사이보그를 사서 함께 생활하기도 했다. 그러면 외로움을 해결할 수도 있고 결혼의 갖가지 번거로움을 피할 수도 있기 때문이었다(캐릭터가 마음에 안 들면 다른 캐릭터를 설정할 수도 있었다). 그것은 결혼 제도에 커다란 충격을 주었다. 비록 결혼 제도 자체를 없애지는 못했지만(사랑은 인간의 본질적인 욕망이며 사이보그는 그것을 진짜로

주지는 못하고 흉내만 낼 뿐이기 때문이었다) 사회의 포용성과 개방성을 크게 높여, 동성 결혼의 합법화를 이끌어냈을 뿐만 아니라 제한 없는 군혼群婚까지 출현시켰다. 결혼은 거의 제약이 사라지고 결합과 해체가 간편해져 가정도 마치 친밀한 상호관계를 추구하는 일종의 경제조직처럼 변해버렸다.

예전에 인류가 가장 두려워했던, 자유의지를 가진 컴퓨터의 출현은 아직까지 상상에 머물고 있었다. 이미 많은 분야에서 컴퓨터와 로봇이 인류의 일을 대신하고 있기는 했지만 그것들은 여전히 인류에 의해 통제되고 있었다. 특정한 행위를 수행하는 비생명일 뿐이었다. 전에 나는 무심코 역사 정보를 뒤지다가 서기 2017년에 인류가 컴퓨터에게 바둑을 지고 또 컴퓨터가 조잡하기 짝이 없는 시를 지었다는 사실을 접한 적이 있었다. 당시 사람들은 그 일을 크게 비관하고 인류가 곧 인공지능에 의해 대체될 것이라고 생각했다. 하지만 지금 와서 보면 그것은 정말 보잘것없는 인공지능이었다! 그때 컴퓨터는 인류의 미학적 기준에 따라 단어를 배열해 시를 지었을 뿐이었다. 하지만 문제의 핵심은 컴퓨터가 그것이 시라는 것도, 그것이 무엇을 의미하는지도 모르고 인류의 바람을 수행했을 뿐이라는 데 있었다. 지금까지 과학기술은 더 많은 발전을 이뤘으며 컴퓨터는 이제 시를 짓고 소설을 쓸 뿐만 아니라 스토리와 배경의 설정에 따라 영화까지 찍을 수 있게 되었다. 하지만 역시 자기가 뭘 만들고 있는지도, 그것이 무엇을 의미하는지도 몰랐다. 여전히 인류의 바람을 수행하는 데 그치고 있을 뿐이었다. 따라서 본질적으로 인공지능은 아직 인류의 지능이 파생되고 강화된 산물에 불과했다. 생각해보면 그럴 만도 했다. 똑같이 재현해낸 인간의 뇌도 의식이 안 생기는데 인간의 뇌가 만든 컴퓨터는 오죽

하겠는가.

리밍은 끊임없이 자신의 사유를 나와 공유했다. 만약 의식이 기억과 마찬가지로 특수 제작된 칩을 통해 전자 신호로 전환되고 그런 다음에 또 전혀 새로운 대뇌 속에서 다시 본래의 의식으로 돌아올 수 있다면, 그것이 바로 일종의 부활이 아니겠느냐고 말했다.

"그런 실험은 벌써 수도 없이 해봤잖아. 원래의 의식은 클론 안에 복제가 안 돼."

나는 한숨을 쉬며 말했다.

"우리는 양자 차원에서는 연구가 부족했어. 의식과 기억의 메커니즘은 서로 완전히 다르다고. 기억은 저장되는 것이라 복제가 가능해. 하지만 의식은 본질적으로 구동력이어서 복제가 불가능하다고. 그렇다면 전이시키는 것 말고는 방법이 없어."

"솔직히 말하면 리밍, 나는 그 일에 대해서는 갈수록 절망을 느껴. 아마도 영혼은 유일하며 전이가 불가능한 것인지도 몰라."

"내 앞에서 '영혼'이라는 말은 두 번 다시 꺼내지도 마!"

그가 갑자기 고함을 지르는 바람에 나는 깜짝 놀랐다. 그는 마치 사납게 달려들려는 하등 동물처럼 얼굴이 시뻘게지고 관자놀이가 자줏빛으로 물든 채 이를 악물고 있었다. 그가 내게 그렇게 심하게 성을 내는 것은 처음이어서 나는 당황했다. 영혼이라는 말을 언급한 게 그토록 화나게 할 줄은 생각지도 못했다.

나는 아무 말도 못하고 입을 다물 수밖에 없었지만 그래도 피하지 않고 계속 그를 응시했다.

"대뇌도 물질로 이뤄진 구조야. 다른 물질과 다르지 않다고. 우리가 충분히 인내심을 발휘하면 반드시 대뇌의 비밀을 밝힐 수 있어. 그리고 의식도 대뇌라는 물질적 환경에서 발생하는 현상일 뿐이야. 역시 못 밝힐 이유가 없다고!"

뜻밖에도 그는 내게 사과도 하지 않고 계속 큰소리로 말했다.

"네 말이 맞기는 해."

나는 찬찬히 그에게 말했다.

"하지만 '의식'이라는 그 현상이 본래의 물질적 환경에서 떨어질 수 없다면 어쩌지? 그 두 가지가 일체여서 분리할 수 없다면? 너는 어떻게 전이시킬 거지?"

"아니야. 그런 견해는 너무 기계론적이야. 너무 멍청하다고!"

그는 당황해서 직접적인 언사로 나를 공격했다. 그러고는 내게서 눈을 떼고 실내를 왔다갔다하며 또 말했다.

"의식은 불과 유사해. 특정한 물질적 환경에서 연소되지. 무슨 뜻인지 알겠어? 네가 말한 대로라면 본래 물질적인 이 우주에서 어떻게 우리 같은 생명이 태어났겠어? 의식이 알 수 없는 이유로 발생하지 않았다면 이 지구는 지금까지 그냥 황무지였을 거야. 기껏해야 의식 없는 잡초만 가득했을 거라고!"

그는 의식의 기원이라는, 이 우주의 궁극적인 수수께끼를 언급했는데 그것은 내가 진즉에 답을 찾기를 포기한 문제였다. 하지만 이제 나는 그 비밀이 현재의 연구와 밀접한 관계가 있으며 심지어 일치한다고까지 말할 수 있다는 것을 깨달았다. 그리고 리멍이 나보다 훨씬 지혜롭다는 사실을 인정할 수밖에 없었다.

"맞아, 나는 멍청해."

나는 잠깐 말을 멈췄다가 다시 입을 열었다.

"그런데 너는 이번에는 조물주의 영역에 가까이 간 게 아니야. 실제로 조물주의 영역에 진입한 거라고."

"과학이 뭔데? 지금까지 계속 거기로 돌진해온 거잖아."

"내가 도울 일이 있으면 앞으로 바로 얘기해주면 좋겠어."

"알았어."

그는 점차 평정을 되찾았다.

"미안해. 내가 너무 피곤해서 제정신이 아니었어."

"인간의 지혜는 한계가 있어. 너는 이미 충분히 대단해."

"고마워."

그는 나를 향해 미소를 지었다.

삼 년이 지났고 그 사이에 리멍은 칩을 대대적으로 개조했다. 핵심적인 기술을 이해하지 못한 탓에 나는 그의 실험실 조수 역할에 머물렀다. 하지만 수많은 기괴한 일을 직접 두 눈으로 보았다. 예를 들어 리멍은 늘 죽어가는 환자와 함께하며 그들의 죽기 전 의식의 변화를 연구했다. 의식의 향방에 관심을 두었기 때문에 그는 한사코 숨이 끊어지길 거부하는 환자를 보면 성을 냈고 환자가 숨을 거두면 흥분해서 소리 내어 웃었다. 나는 연구로 인해 그가 인간에 대한 기본적인 동정심을 상실했다는 생각이 들었다. 잡담을 나눌 때 넌지시 지적했지만 그는 그것을 대수롭지 않게 여겼다. 자기는 인류 부활의 비밀을 연구하고 있고 그 연구가 성공하면 그 죽은 환자들은 제일 먼저 부활의 혜택을 누릴 것이므로 괜찮다는 것이었다.

"연구할 때 역시 그렇게 해주겠다고 그 사람들에게 약속한 거지?"

"맞아."

그는 회피하지 않고 말했다.

"그 얘기를 하니까 다들 기뻐하던데. 죽음을 앞두고 그것보다 더 나은 위로가 없더군."

"사람들이 정말로 네 약속의 혜택을 누리면 좋겠군."

"벌써 연구 성과가 목전에 있다고. 내일 실험에서 확인할 수 있을 거야."

그는 내게 알 듯 말 듯한 미소를 지었다.

이튿날 진행된 실험은 과연 그 전과는 달랐다. 환자는 뇌암 초기의 노부인이었고(리밍은 뇌암에 특히 신경을 썼다) 삶의 의지가 강한 그녀는 그 '수술'을 통해 새로운 생명을 얻기를 바랐다. 리밍이 개조를 마친 칩을 꺼냈을 때, 나는 그것이 외관상으로 크게 바뀐 것을 깨달았다. 기계적인 재질이 대폭 감소해서 마치 생명이 있는 곤충 같아 보였다. 칩은 더 이상 기억을 복제하는 도구가 아니었다. 양자 모델로 의식을 취한 뒤 그것을 클론의 대뇌에 집어넣는 역할을 했다.

"의식은 유일한 것이어서 이 실험에 쓰이는 칩도 유일하지."

리밍은 손에 든 칩을 내게 흔들어 보인 뒤, 노부인을 돌아보았다. 그녀는 매우 긴장하고 있었지만 리밍이 최면 스위치를 누르자마자 바로 마취 상태에 빠졌다.

"잠든 의식이 깨어 있는 의식보다 분명히 전이가 더 잘될 거야."

리밍은 이야기를 하며 칩의 전극을 차례로 노부인의 머리에 설치하고 나노머신을 방출해 칩이 각 뇌세포를 탐지하게 했다. 그리고 나서 그는 한숨을 돌리고는 내 눈을 응시했다. 그의 눈빛에는 불안이 가득했다.

"이걸로 성패가 결정돼."

나는 노부인의 눈동자가 눈꺼풀 밑에서 떨리기 시작하더니 시계바

늘 방향으로 한 바퀴 돌고는 바로 반대 방향으로 또 한 바퀴 도는 것을 보았다. 늙고 축 처진 눈꺼풀이 감긴 채로 바짝 오그라들었다. 마치 눈 뒤에서 뭔가가 수축되고 있는 듯했다. 그 곤충 같은 칩은 놀랍게도 미미한 빛을 발산하고 있었으며 리멍은 꼼짝도 않고 그것을 노려보고 있었다.

"이 과정에서 엄청난 에너지가 발생하지. 관측 지표로 보면 이제부터가 시작이야."

"측량기의 바늘이 움직였어."

"바늘이 백에 이르면 칩의 신호를 클론에 입력할 준비를 해."

"염려 마."

나는 바짝 긴장한 채 계기를 뚫어져라 바라보았다.

노부인의 입이 열리고 두 뺨이 깊이 패여 죽음의 징조를 드러냈다. 나는 조금 걱정이 됐지만 리멍은 오히려 미소를 지으며 말했다.

"의식의 전이는 이쪽 육체의 죽음을 예고하지. 지금 상태를 보면 성공할 가능성이 커."

나는 다소 마음을 놓았다. 그때 바늘은 벌써 사십에 와 있었다. 나는 심장이 쿵쿵 뛰고 피가 관자놀이까지 솟구쳤다. 모두가 인류의 운명이 바뀌는 순간이 임박했음을 느끼며 전율하고 있었다. 나는 잠시 후 시간이 모자랄까봐 미리 서둘러 클론의 머리에 설치된 각 전극을 열었다.

시간은 더디게 흘러 일 초 일 초가 가슴을 내리눌렀다. 하지만 바늘은 좀처럼 앞으로 나아가지 않았다. 리멍의 이마에 땀이 맺혀 눈물 속으로 흘러내렸다. 그는 흐느끼고 있는 듯했다.

"뭐가 문제인 거야?"

내가 물었지만 리밍은 아무 말 없이 신속하게 설비들을 살핀 뒤 특수제작한 계량기로 칩을 검사했다.

"모든 게 정상이야."

그는 말했다.

"이렇게 전이가 시작된 것일 수도 있고."

"아직 백이 안 됐다고."

"계속 이러고 있다가는 할머니가 곧 죽어. 어서 시험해보자. 성공할지도 모르잖아."

"오케이!"

나는 클론의 전극을 칩의 다른 쪽에 연결했고 리밍은 양자화 플랫폼을 열어 칩에 역방향 동력을 제공했다. 클론의 얼굴 근육이 떨리고 치아도 아래위로 부딪치며 기이한 마찰음을 냈다. 그러나 클론의 안구는 여전히 제자리에 머문 채 전혀 영향을 받지 않았다.

"분명 에너지 부족이 원인일 거야."

내가 말했다.

리밍은 출력을 높이고 그 사십 퍼센트의 의식 에너지를 억지로 클론의 뇌 속에 밀어 넣었다. 클론의 얼굴 근육이 점점 더 심하게 떨리고 입이 비뚤어졌으며 혀도 어릿광대처럼 밖으로 쭉 밀려나왔다. 하지만 그런데도 안구는 역시 스스로 움직이지 않았다. 그것은 의식의 활동을 나타내는 가장 핵심적인 생물학적 징후였다. 나는 고개를 들어 노부인을 보았다. 이제 호흡이 거의 정지되어 전적으로 장비를 통해 세포에 산소를 공급받고 있었다. 이런 상태가 너무 오래가면 의식은 막대한 손상을 입게 된다.

"실험을 즉시 중지해야 할 것 같아."

"네 말이 맞아."

그는 내 건의에 답하고 고개를 떨궜다. 왼손을 팔걸이에 얹은 채 오른손으로 머리칼을 쓰다듬으며 침울한 목소리로 말했다.

"또 실패로군."

열두 시간 뒤, 노부인은 체내에 주입된 백만 개의 나노머신 덕분에 정신을 차렸다. 그녀는 처음에는 어리둥절해 리멍을 바라보았지만 곧장 생기 어린 눈빛으로 다그쳐 물었다.

"이제 내가 새 육체에 머물게 된 건가요?"

"아닙니다."

리멍은 그녀의 손을 꽉 쥐고 미안해하며 말했다.

"죄송합니다. 수술은 성공하지 못했습니다."

"사실…… 알고 있었어요. 꿈속에서 알아차렸죠. 나는 역시 환상을 품었을 뿐이네요."

그 말을 듣고 우리는 다시 흥분해서 그녀에게 꿈속에서 보고 들은 것을 속히 이야기해달라고 했다. 왜냐하면 그런 깊은 마취 상태에서 뇌세포는 꿈을 꾸지 못하며 혹시 미약한 이미지가 남더라도 깨어난 뒤 기억하는 것이 불가능하다고 알고 있었기 때문이었다. 노부인의 꿈 이야기를 듣기 전에 리멍은 먼저 재빨리 그녀의 기억 칩을 검색했다. 직접 그 안의 내용을 보고 나서 그녀가 해줄 이야기와 비교할 생각이었던 것이다. 그런데 검색을 마친 뒤 우리는 그녀의 방금 전 기억이 온통 시커먼 어둠이어서 정보로서 아무 가치가 없다는 것을 발견했다. 그렇다면 노부인이 기억하는 꿈은 대체 무엇일까? 설마 정말로 의식의 본질과 관계가 있는 것일까? 우리는 초조해서 마음이 타들어 갔다.

"그건 내가 꾸어본 꿈 중에서 가장 놀라운 것이었어요. 너무 생생하고 또 너무 이상했어요."

노부인은, 정신은 어느 정도 회복했지만 목소리는 매우 작았다. 눈도 우리를 보고 있지 않았다. 우리는 어쩔 수 없이 침대 가장자리에 앉아 고개를 숙이고 귀를 그녀 입가에 갖다 대야 했다.

"말씀해보세요."

리멍이 나지막하게 말했다.

"꿈에서 나는 어두운 방 안에 갇혀 있었어요. 두 팔을 벌리면 벽이 만져질 정도로 방이 좁았죠. 아무것도 보이지 않아서 이리저리 더듬으며 문을 찾으려 했어요. 하지만 그 공간을 거의 다 더듬었는데도 갈라진 틈조차 없었어요. 나는 속으로 큰일이라고, 또 방이 네모반듯한 것 같다고 생각했는데 만져보니 정말 그랬어요. 내가 느끼는 대로 외부세계가 변하더라고요. 나 스스로 외부 공간을 결정하고 있었어요. 덜컥 겁이 나서 두 손을 움츠렸더니 그 공간도 움츠려들었어요. 온몸이 쥐어들어 죽을 것 같아 힘껏 주먹을 휘둘렀지만 그 공간은 또 내 팔을 휘감더군요. 마치 자기 마음대로 움직이는 어둠 속에 떠 있는 느낌이었어요. 이렇게밖에 못 말하겠어요. 이게 최선이에요. 그 느낌은 너무 이상했어요. 내 표현력이 모자라서가 아니에요. 거기가 여기와 너무 달라 비교할 만한 게 없기 때문이에요. 여기의 언어로 거기를 묘사하는 건 기본적으로 아무 소용이 없고 불가능해요."

노부인이 이야기를 마쳤을 때 나와 리멍은 약속이나 한 듯이 칩을 바라보았다. 어둠 속에 갇힌 그 느낌은 그 칩의 협소한 내부 공간에서 기인한 게 틀림없었다. 확실히 부분적으로나마 의식이 칩으로 전이된 것으로 판단되었다. 리멍은 몹시 흥분했다. 실험이 실패한 줄로만 알고 있다가 뜻밖에도 그렇게 중요한 성과를 얻어 도저히 기쁨을 감추지 못했다.

그는 노부인에게 말했다.

"그 어둠 속으로 깊숙이 들어가야 합니다. 계속 가면 아마 문이 나올 겁니다. 의식을 실험하는 것이어서 반드시 부인의 적극적인 협조가 필요합니다."

하지만 노부인은 말했다.

"그건 너무 공포스러운 경험이었어요. 차라리 죽고 말지 다시 시험해보고 싶지는 않아요."

"하하, 이런."

리멍은 웃으며 말했다.

"알겠습니다. 부인의 의사를 존중하지요. 다른 지원자를 찾아 실험을 진행하겠습니다. 운이 좋게도 이제 우리는 실제로 의식을 전이시킬수 있다는 것을 알았습니다. 벌써 사십 퍼센트를 전이시켰거든요. 그렇지 않아?"

그는 손을 뻗어 내 어깨를 툭툭 두드리며 내가 호응해주기를 바랐다.

나는 그와 함께 웃어주며 고개를 끄덕였지만 바로 다시 의심이 들었다. 그 40퍼센트의 에너지가 의식의 일부였는지, 아니면 다른 무엇이었는지 확신할 수가 없었다. 나는 내 자신이 예전 인류의 문화적 영향을 크게 받아 생명에 대해 깊은 신비를 느낀다는 것을 깨달았다. 물론 그렇다고 리멍 앞에서 다시 '영혼'이라는 단어를 거론할 리는 없었지만, 내 마음 속에서 의식은 바로 영혼이며 불가지의 신비한 것이었다. 나는 한편으로 죽음을 두려워했고 다른 한편으로는 그것이 피할 수 없는 숙명이어서 순응할 수밖에 없다는 생각이 들었다. 그래서 인지 리밍의 어머니가 남긴 유언이 늘 떠오르곤 했다. 그녀도 틀림없이 나와 비슷한 견해를 가졌을 것 같았다.

그 실험은 두 번, 세 번 그리고 계속 헤아릴 수 없이 많이 시도되었다. 하지만 실험의 횟수가 늘어나도 의식의 전이는 성공을 못 거뒀을 뿐더러 원래 확실하다고 생각했던 점들까지 불확실하게 돼버렸다.

가장 중요한 것은 실험 참가자들의 불확실한 증언이었다.

실험 참가자들은 예외 없이 어떤 기억을 얻었다. 그러나 각 참가자들의 증언은 거의 유사점이 없었다. 노부인은 자기가 어둠 속에 떠 있었다고 말했고 그 기억은 의식의 전이 과정에 대한 우리의 상상에 부합했다. 하지만 그 다음 참가자들의 증언을 살펴보면 누구는 원형의 사막을 보았다고 했고 또 누구는 자기가 증발하여 안개가 되었다고 했다. 그런 증언들은 공통점도 없고 이해하기도 어려웠다. 리밍은 그들에게 계속 실험을 해보자고 권했지만 아무도 동의하지 않았다. 그들은 그 상태를 극도로 두려워했다.

매번 실험을 마칠 때마다 리밍은 큰소리로 똑같은 말을 반복해야 했다.

"의식의 실험은 반드시 당신의 적극적인 협조가 필요합니다! 우리는 좁은 통로를 뚫었을 뿐이지만 당신 스스로 길을 더듬어 나아가면 성공할 겁니다. 영원한 삶을 얻을 수 있습니다!"

하지만 모두가 그 노부인처럼 차라리 죽을지언정 실험을 계속하고 싶어 하지 않았다. 리밍은 죽음보다 더 공포스러운 공포가 있다는 것이 믿어지지 않았다. 하물며 실험 참가자들의 증언을 들어보면 그닥 공포라고 할 만한 것도 없었다. 그저 혼자서 어떤 상태나 사물 속에 빠졌던 것에 불과했다. 그는 그것이 바로 의식이 농축된 어떤 상태일 것이라고 짐작했고, 그래서 자기가 직접 체험해보기로 결정했다. 자신은 의식을 가장 잘 이해하는 사람이므로 반드시 우리가 가설한 양자의 다리를 건너 의식을 클론의 내부에 전이시킬 수 있다고 확신했다.

나는 그 계획에 찬성하는 입장이 아니었다. 그는 너무나 중요한 인물이었다. 만약 그의 의식이 어떤 손상을 입는다면 그것은 과학 분야의 엄청난 재난이었다. 하지만 그는 고집을 꺾지 않았다. 그 체험에 의식 전이의 핵심이 담겨 있다고 생각했다. 자기가 직접 체험해보지 않고 불확실한 증언들에만 의지한다면 아무것도 파악할 수 없다고 생각했다. 확실한 체험을 얻지 못하면 그도 뾰족한 방도가 없었다.

그가 그렇게 고집을 부리니 나도 협조할 수밖에 없었다.

그리고 예외 없이 그를 대상으로 한 실험도 실패로 돌아갔다.

그가 눈을 떴을 때 그 역시 극도의 공포를 체험했음을 알 수 있었다.

"어둠에 갇혀 있었어, 아니면 무지개로 변했어?"

나는 그에게 농담을 던져 기분을 풀어주려 했다.

하지만 그는 웃지 않았다. 굳은 표정으로 더듬더듬 말했다.

"난 기포 같은 것 안에 갇혀 있었어. 그건 분명 기포는 아니었지만 그렇게밖에 설명을 못하겠네. 또 나는 날지 못하는 파리처럼 그 기포 안에 갇혀 있었던 게 아니라 그 기포와 한 덩어리였던 것 같아."

"투명한 수막水幕이 됐던 거야?"

"뭐라고 말하기가 힘들어. 거기에는 구체적인 존재가 없었던 것 같아. 우리의 긴 사지나 기포의 곡선 같은 건 거기에 없었어. 그냥 존재 자체만 있고 구체적인 형상이 없었어."

리멍은 손을 뻗어 허공에 뭔가를 그리는 시늉을 했다.

"이해가 안 돼."

"나도 이해가 안 돼. 하지만 진짜 존재했어. 말로 묘사가 안 될 뿐이야."

"다른 사람들한테 말한 것처럼 의식의 통로를 찾아 나서지는 않았어?"

"그러고 싶었어. 하지만 거기에서는 발견이라는 건 의미가 없었어. 거기에는 무슨 통로 같은 건 필요가 없었다고. 거기에는 모든 게 다 갖춰져 있었어."

"알았어. 결국 그 사람들이 한 말을 이해했군."

그는 고개를 끄덕였다. 그의 몸이 바들바들 떨리는 것이 보였다.

"너도 무서운 거야?"

나는 조금 놀랐다.

"혹시 너도 2차 실험을 못 하는 것 아냐?"

그는 이를 악물고 말했다.

"그럴 리가! 다만 조금만 기다려줘. 회복할 시간이 필요하니까. 나는 그 사람들과 달라. 그 상태가 죽음보다 공포스러워도 꼭 해결해야만 해. 이미 핵심적인 문제를 찾아낸 것 같아."

나는 그 핵심적인 문제가 무엇인지 묻지 않았다. 대신 잠시 뜸을 들이다가 그에게 물었다.

"그곳이 정말 죽음보다 공포스러워?"

"그곳에서는 사실 그런 생각이 들지 않았어. 그런데 깨어나고 보니 공포스럽기 그지없군."

그는 머리를 흔들어 그 기억에서 벗어나려 했다.

그 기억에서 벗어나는 것은 예상보다 훨씬 어려웠다. 나는 리멍과 그렇게 오랜 세월 함께 일해 오면서 그가 힘이 빠져 있는 것을 한 번도 본 적이 없었다. 그런데 그 후로 그는 확실히 힘이 빠진 느낌이었다. 가끔씩 실험실에 오는 것을 빼고는 대부분의 시간을 별장에서 보냈다. 언젠가 나는 리멍에게서 자기가 수백 대의 사이보그가 제공하는 즐거움을 누리며 산다는 이야기를 들은 적이 있었다. 숫자가 부풀려지기는 했지만 그것은 리멍에게는 그리 어렵지 않은 일이었다. 나는 그가 남자든 여자든 가족 이외의 어떤 사람을 사랑한 적이 있는지 잘 몰랐다. 그는 사랑 같은 것은 입에 올리지 않았다. 그에게는 사랑조차 과거의 신화일 뿐인 것 같았다. 하지만 그는 육욕에 탐닉하는 부류도 아니었다. 그의 시간은 기본적으로 실험실에서 다 소모되었기 때문에 나는 그가 그렇게 많은 사이보그를 소유하고 있는 게 일종의 심리적 만족을 위해서라고 생각했다. 그런데 이제 와서 그는 의지를 잃고 향락에 빠져버린 것일까?

그를 못 본 지 반년 만에 나는 초대를 받아 그의 별장에 갔다. 그곳의 분위기는 거대한 파티장 같았다. 각양각색의 남녀들이 함께 어울려 술을 마시고 농담을 주고받으며 서로 장난을 쳤다. 그 사이보그들은 대뇌를 빼고는 모든 것이 인간과 똑같았다. 그것들은 섹스의 쾌감은 알았지만 수치심은 몰랐다(당연히 수치심을 느끼게 조정할 수도 있었지만 그것은 특정 조건 하의 시뮬레이션일 뿐이었다). 그래서 어디서나 그것들이 섹스를 하는 광경이 보였다. 처음 그곳을 방문하는 사람은 그런 음란한 분위기에 소스라치게 놀랄 게 분명했다. 나는 리멍이 모든 것을 포기하고 욕망에 자신을 맡겨 마음의 고통을 피하고 있는 것 같다는 생각이 들었다.

내가 이층에 있는 그의 방에 올라갔을 때, 그는 홀로 묵묵히 방 안에 앉아 유리창을 통해 정원에서 웃고 즐기는 그 사이보그들을 응시하고 있었다.

"저들을 응시하면서 무슨 영감이라도 찾고 있는 거야?"

나도 창밖을 바라보았다. 그것은 신의 시각이었다. 우리는 그것들을 창조했으므로 그것들의 신이었다. 하지만 그것들은 그 사실을 몰랐다.

"그냥 이렇게 저들을 보고 있으면 저들이 우리보다 훨씬 행복한 것 같아."

"네가 그렇게 설정을 한 거잖아. 우울한 성격으로 설정할 수도 있잖아."

"네가 그런 말을 하니 실망스럽군. 저들이 정말 우리와 그렇게 큰 차이가 있을까? 지금 너는 아래로 내려가서 저들의 환락에 낄 수 있어. 저들과 이야기를 나누고, 저들과 연애를 하고, 저들과 섹스를 할 수도 있다고. 저들은 모두 완벽하게 네게 호응해줄 거야. 미리 로봇이라는 것을 알지 못했다면 너는 전혀 구별해내지 못할 걸. 그렇다면 우리는 왜 저들을 진짜 인간으로 봐주지 않는 걸까? 아마 우주의 더 차원 높은 생명도 그렇게 우리를 취급하겠지."

"나는 그렇지 않다고 생각해. 저들은 아무리 우리와 흡사하고 완벽해도 자유의지가 없어. 그러니까 우리가 탐구하는 생명 의식이 없단 말이야. 너도 잘 알면서 왜 자기를 기만하는 거야?"

"네 말이 맞아."

리밍은 몸을 돌려 나를 보았다.

"그런데 저들이 갑자기 내게 영감을 주었어. 그게 내가 너를 부른 이유야."

"나는 네가 함께 즐기자고 나를 부른 줄 알았는데."

나는 웃으며 말했다.

"네가 그러고 싶다면 여기서 너를 기다리고 있을게. 너를 보면서 말이야."

그도 웃으며 말했다.

"농담은 관두고 빨리 이야기해봐."

나는 기대에 가득 차 그 옆에 앉았다.

"저들의 성격이 인간성에 잘 부합하는 건, 어떻게 설정해서 그렇다고 생각해?"

"복잡한 배경 정보를 입력했겠지. 고향, 출생, 가족, 취미 같은 정보들을 만들어내서 말이야."

"배경 정보가 너무 방대하고 심지어 서로 모순되면 실패하고 말아. 그래서 그런 정보들은 다 스토리를 통해 유기적으로 연결되지."

"이야기라고? 그래, 복잡한 멀티스레딩 스토리겠군."

"나는 불가피하게 의식의 어떤 구조가 스토리와 무척 닮았다는 생각이 들었어. 이전의 실험에서 참가자들이 겪은 그 신기한 체험들은 각자의 서로 다른 경력과 사유에 기반을 두고 있었어. 하지만 그 체험들은 하나같이 정태적이었지. 만약 우리가 의식을 전이하는 과정에서 미리 어떤 기억의 메커니즘을, 예를 들어 출구를 찾는 스토리를 이식한다면 의식에 어떤 원동력을 부여할 수 있지 않을까?"

"그러니까 기억을 스토리 모델로 구축한 뒤 기억 칩을 이용해 의식에 영향을 주자는 거지? 그렇게 해서 의식이 알아서 전이를 도모하게 하자는 거잖아."

"바로 그거야!"

새로운 돌파구가 생겼고 리멍은 즉시 나를 끌고 실험실로 달려갔다. 그가 가면서 음성 명령을 내리자 그 사이보그들은 즉시 동작을 멈추고 옷을 정리한 뒤 차례로 창고로 걸어 들어갔다. 그것들은 얌전히 그 안에 나란히 누워, 주인이 다시 소환해주길 기다리며 휴면 상태에 진입했다.

리멍은 자신의 기억을 이용해 자기가 과학자로서 인류의 부활과 영생을 모색하는 스토리를 만들었다. 그리고 그 구체적인 상황은 기포에서 다른 기포로 뚫고 들어가는 것으로 디자인했다. 그것은 영웅주의적인 스토리여서 나도 매우 마음에 들었다. 리멍이 영웅인 것은 의심할 여지없는 사실이었으니까. 물론 내가 아는 것은 전체적인 틀뿐이었다. 그 안의 수많은 디테일과 프라이버시는 그 자신이 처리해야 했다.

"이봐, 만약 이번에도 실패하면……"

리멍이 갑자기 말했다.

"나는 포기하고 백이십 살까지 살다가 그냥 죽을 거야."

그는 나를 보지 않고 침만 응시하고 있었다.

나는 그가 나보다는 자기 자신에게 그 말을 했다는 것을 알고 있었다. 왠지 서글픈 마음이 들었다. 그 까마득하던 한계가 바로 코앞까지 가까워졌는데 그것을 넘을 수 있는 사람이 없었다. 만약 리멍까지 포기하면 나는 어디로 가야만 하나? 나는 리멍과는 달리 한때 한 여자를 깊이 사랑한 적이 있었다. 그녀는 서른 살이 되던 해에 항공 사고로 숨졌다. 그날 이후 나는 다시 누구도 사랑해본 적이 없었다. 다른 사람을 사랑하는 마음도 죽어버린 것 같았다. 솔직히 말해 나도 사이보그를 이용해 생리적 욕구를 해결했다. 아마 누구나 그 사이보그가 그 여자의 유전자로 복제해낸 것임을 짐작할 수 있을 것이다. 게다가 그녀의 기억이 담긴 칩까지 장착해놓았다. 하지만 슬프게도 그렇게 오랜 세월이 지났지만 그 사이보그는 옛날 그녀의 모습과 성격 그대로였다. 결코 나와 함께 늙어가지 않았으며 그래서 내가 쏟던 애정도 허물어지기 시작했다. 그것 앞에 서면 어떤 회고의 감정만 느껴졌다. 하지만 회고의 매력은 무심코 과거를 돌아보는 데 있다. 만약 매일같이 그런 유물을 지키고 있으면 언젠가 의미가 퇴색하기 마련이다. 대략 삼 년 전부터 나도 다른 사이보그들을 찾아 즐기기 시작했다. 그렇다면 리멍이 말한 것처럼 나 역시 그 생명 의식이 없는 육체들과 평생을 즐기다가 죽게 되지 않을까?

"뭐 그것도 괜찮겠지."

나는 슬픈 어조로 말했다. 내가 비꼬는 것인지 아닌지 나 자신도 분간이 안 갔다.

"네 말 같지가 않은데. 너는 언제나 나를 격려해줬잖아. 이번에는 왜 이러는 거야?"

"너도 그렇게 힘 빠지는 말을 한 적이 없잖아."

"나도 모르겠어. 공포가 아직 마음속에 남아 있어서 머릿속이 복잡해."

"그러면 그만둬. 다른 사람을 찾아 실험하는 게 낫겠어."

"아직은 안 돼. 이건 스토리 프로그램과 관련이 있다고. 만약 다른 사람이 고의로 속내를 숨기면 심각한 결과가 초래된다고. 게다가 너도 알잖아, 다른 사람의 이야기가 얼마나 허술한지. 언어는 그런 극한의 체험을 담아내지 못해. 내가 하는 수밖에 없어. 내가 직접 불씨를 갖고 돌아와야 해."

"프로메테우스로군."

나는 그를 향해 싱긋 웃었다.

그도 내게 웃음으로 답했다.

그가 옛날 문화의 모티브를 인용한 것은 그것이 처음이었다.

뜻밖에도 그것은 마지막이기도 했다.

이번 실험의 결과는 당신들도 다 알고 있다. 칩이 갑자기 사라져 실험이 중지되었으며 리밍은 의식을 읽고 죽음 같은 상태에 빠졌다.

나는 리밍 옆에 앉아 한참을 흐느끼며 그와 함께 걸어온 날들을 추억했다. 그러다가 문득 칩이 사라진 것이 분명 의식의 수수께끼와 관련이 있다는 생각이 들었다. 의식이 고차원 공간에서 비롯된 현상인 까닭에 칩도 그 고차원 공간에 들어갔는지도 몰랐다. 만약 이 가설이 성립된다면 나는 역시 증명할 방법이 없었다. 리밍의 시신을(그렇다. 나는 이미 그것이 시신임을 인정했다. 그는 이제 이 세상 사람이 아니었다) 보다가 그가 원래 이 세상에서 백이십 살까지 살다가 죽을 수도 있었다는 생각이 떠올랐다. 하지만 그는 과학을 위해 이렇게 유언조차 못 남기고 죽어버렸다. 그는 진정한 영웅이었으며 그의 친구로서 나는 나만의 방식으로 계속 그의 이상을 추구해야만 했다. 이런 생각이 확실해지자 훨씬 마음이 홀가분해졌다. 나는 바로 그들과 연결되는 영상 전화를 켰다.

나는 누구도 납득시키지 못했고 결국에는 나 자신조차 납득시키지 못했다. 하지만 당신들에게, 그를 최고의 신앙처럼 여겨온 당신들에게 어쩔 수 없이 "그를 죽인 사람은, 아마도 나일 겁니다"라고 말할 수밖에 없다.

나는 졸지에 일급 살인범이 되었다. 내가 사람을 죽였다는 증거는 어디에도 없었고 그것은 기껏해야 실험 사고일 뿐이었지만, 죽은 사람이 리밍이라는 이유로 나는 '살인범'이라는 칭호를 뒤집어썼다. 어떤 이들은 폐지된 지 이미 오래된 사형까지 거론했다. 나를 죽여야만 그들의 분노가 가라앉을 듯했다. 그들은 리밍을 동정했을 뿐만 아니라 자신들이 죽을까봐 노심초사했다. 그들은 모두 영생과 부활의 희망을 리밍에게 걸고 있었는데 갑자기 리밍이 죽는 바람에 그 희망이 물거품이 되고 말았다. 그들은 이제 죽는 길밖에 없었다. 나는 그들의 분노를 이해했고 그들을 만족시키길 바랐다. 그렇다, 나는 죽기를 바랐다.

하지만 나는 죽어도 가치 있게 죽어야 했다. 그들이 튀기는 침에 빠져죽을 수는 없었다.

다시 말하지만 법률 절차에 의하면 내게 사형 선고를 하는 것은 물론이고 징역형을 살게 하는 것도 어려웠다. 내가 리밍을 죽였다는 증거는 어디에도 없었다. 단지 칩이 사라지는 순간 마침 내 손에 있었을 뿐이었다. 만약 그때 칩이 내 손에 있지 않았다면 그 사고는 심지어 나와 아무 관계가 없었을 수도 있었다. 하지만 나는 그들이 분명 특수한 방법으로 나를 처리하리라는 것을 알았다. 그래서 평생을 모처의 비밀감옥에 갇혀 있느니 차라리 의미 있는 최후를 택하겠다고 거듭 다짐했다.

어떤 구체적인 방안이 곧 머릿속에 떠올랐다.

공개 재판을 받기 전, 나는 다시 그 비밀 부서에 연락해 직접 내 생각을 밝혔다.

"당신들은 블랙홀에 갈 지원자를 모집하고 있지 않나요? 내가 그 블랙홀을 관측하는 일을 맡고 싶습니다. 나는 과학자이고 죄를 지었으니 나보다 더 적합한 사람은 없을 겁니다."

그들은 깜짝 놀란 듯했다. 그들의 팀장이 내게 말했다.

"그건 거의 돌아올 가능성이 없는 여정인데 어째서 그걸 생각해낸 거지?"

그는 바로 한숨을 쉬며 말했다.

"당신은 너무 걱정할 필요 없어. 당신 사정은 우리도 잘 아니까 공정하게 처리할 거야. 생명에는 아무 지장이 없을 거야."

나는 미소를 지으며 말했다.

"얼마 전까지만 해도 나는 당신들이 나를 별도로 특수하게 처벌할까봐 두려웠습니다. 하지만 이제 그런 것은 중요하지 않아요. 나는 이미 결심했습니다. 솔직히 이야기하죠. 나는 리밍의 의식 칩이 사라진 게 고차원 공간과 관계가 있다고 추측합니다. 그런데 블랙홀은 우주에서 공간이 가장 복잡하게 겹쳐진 곳이죠. 거기에 의식의 기원에 관한 궁극적인 비밀이 숨겨져 있을지도 모릅니다. 나보다 더 블랙홀 관측에 적합한 후보자는 없을 겁니다. 설마 벌써 그런 사람을 뽑았을 것 같지는 않군요."

팀장은 휴대용 컴퓨터로 국가 인트라넷을 검색한 뒤 말했다.

"확실히 더 적합한 후보자는 없군. 지금까지 지원한 사람은 정신이 이상한 사람이거나, 뇌질환에 걸려 거액의 보험료를 가족에게 남기려는 사람뿐이니까."

"그럴 거라 생각했습니다. 향락과 오락만 추구하는 이 사회에서 공연히 자기 목숨을 내놓으려는 사람이 있을 리 없지요."

"확실히 결심한 건가?"

팀장의 눈빛이 부드러워졌다. 그는 마치 오랜 친구처럼 나를 바라보았다.

"네. 나보다 더 적합한 사람은 없으니까요."

나는 중얼거리듯 말했다.

"알겠다. 대단한 결심을 했군. 바로 조직에 보고하지. 아마도 여러 부서가 함께 이 문제를 논의할 것이다."

"감사합니다."

나는 줄곧 실험실 안에 갇혀 있었다. 내가 '자수'한 뒤에도 그들은 나를 사법 부서로 데려가지 않았다. 그것만으로도 그들이 특수한 수단으로 나를 처벌하려 했다는 것을 증명하기에 충분했다. 다행히도 그들은 이미 리밍이 부활할지도 모른다는 환상을 접고 리밍의 시신과 그의 클론을 가져갔다. 또한 일급 과학자 팀을 꾸려 리밍의 대뇌를 보관하고 연구하게 했다. 나는 그 팀에 합류할 수 없어 매우 유감이었다. 나보다 더 그 대뇌를 잘 아는 사람은 없었고 또 일찍이 거기에서 쏟아져 나온 갖가지 기묘한 아이디어가 나를 감탄하게 하고, 화나게 하고, 또 동정하게 만들었기 때문이다. 하지만 나는 생각을 고쳐먹었다. 리밍의 의식은 그 대뇌에 있을 리 만무했다. 그것은 새가 옮겨간 뒤의 빈 둥지나 마찬가지였다. 나는 우주 깊은 곳으로 가야만 했다. 거기에서 또 다른 발견을 하게 될 것 같았다.

얼마 안 돼 결과가 나왔다. 그들은 그래도 나를 공개 재판에 회부하기로 결정했다. 하지만 그 공개 재판은 전적으로 법률 규정에 따라 진행되었고 나는 그 자리에서 무죄를 선고받았다. 그리고 재판이 끝난 뒤의 매체 인터뷰에서, 자원해서 블랙홀로 날아가 고차원 공간에서 의식의 본질을 탐색하기를 희망한다고 말했다.

나의 그 발언은 큰 파장을 일으켰다. 나에 대한 사람들의 평가는 즉시 백팔십도로 바뀌었고 하룻밤이 지나자 나의 위치는 살인범에서 영웅으로 상승했다. 비록 내가 정말로 영웅이라고 생각하지는 않았지만 그래도 나는 내심 기뻤고 내 선택이 옳았음을 확인했다.

내가 관측할 블랙홀은 은하계의 중심인 켄타우로스 자리의 A블랙홀이었다. 그 질량은 태양의 약 400만 배였고 직경은 약 2000만 킬로미터였으며 지구로부터 2만6000광년 떨어져 있었다. 그 무시무시한 중심에는 은하계의 극한의 원동력이 존재하고 있었는데 거기에서 시공간이 심하게 왜곡되고 심지어 찢어지는 것이 바로 고차원 공간을 찾는 계기였다. 현존하는 인류의 스페이스 엔진은 인력장 방출로 계속 공간을 접어 우주선의 속도를 광속의 100배까지 올릴 수 있었지만(동일한 시공간 내에서는 광속을 초월하지 못해, 역시 아인슈타인의 일반 상대성이론에 부합했다) 그래도 그곳까지 가려면 지구 시간으로 200년이 넘게 걸렸다. 인류의 수명은 아직 그렇게 길지 않았다. 그래서 고안된 방법이 나를 머리 부분만 남기는 것이었다. 그렇게 하면 우주선의 운동 에너지도 아낄 수 있고(그렇게 기나긴 여정에서는 굉장히 많이 아낄 수 있었다) 냉장 휴면 방식으로 나를 오래 보존할 수도 있었다. 내 신경세포는 나노머신에 의해 우주선 및 지구 본부와 연결되고 지구 사람들은 비상 상황이나 도착 직전에 나를 깨울 수 있었다. 그리고 내가 다행히 블랙홀을 관통했다가 돌아오면(나는 그것이 불가능하다고 생각했다) 그들은 다시 내 머리를 내 클론에 부착하면 그만이었다.

"몇 백 년 뒤의 세상을 보겠네요. 그때 우리는 다 이 세상에 없겠죠."

우주선의 수석 프로그래머가 내게 웃으며 말했다.

"의식의 비밀을 발견하면 당신을 부활시켜드리죠."

나는 반농담조로 말했다.

"그러면 정말 감사하지요."

그는 씩 웃고는 나를 향해 허리를 숙였다.

신체가 없어지는 것은 역시 몹시도 고약한 경험이었다. 팔다리 등의 감각기관을 대신하는 가상의 대체물이 주어지긴 했지만 거울을 보니 달랑 머리만 남아 불쌍하고 우스꽝스러워 보였다. 나는 힘이 쭉 빠졌지만 곧장 대뇌도 마취되어 보존 상태에 들어갔다.

내가 다시 눈을 떴을 때는 벌써 200년이 흐른 뒤였다.

시스템에 의해 깨어난 나는 머리가 깨질 듯이 아팠고 의식이 거의 백지 상태였다. 내 기억 칩이 가동되면서 점차 기억이 다 회복되었다. 그러고 나서 시스템은 지난 200년간 새로 출현한 지식과 정보를 내 기억 칩에 입력했다. 인류는 그 사이에 또 놀라운 발명과 창조를 숱하게 이룩했다. 그런데 가장 나를 놀라게 한 사실은 생명의 부활과 의식의 전이가 아직도 실현되지 못한 것이었다. 전에 나는 만약 200년 뒤에 인류가 그 문제를 이미 해결했다면 전혀 들어본 적도 없는 새로운 관측 임무를 내게 부여할지도 모른다고 생각한 적이 있었다. 하지만 그렇지 않았다. 역시 고차원 공간에서의 의식의 존재를 관측해야 했다. 문득 의식을 잃은 뒤의 리밍의 창백했던 얼굴이 떠올라 마음이 무거워졌지만 동시에 두려움이 줄어들기도 했다. 만약 인류가 부활과 영생이 가능해졌다면 내가 왜 방향을 돌려 서둘러 지구로 돌아가지 않고 블랙홀을 향해 날아가는 이 자살 임무를 계속 수행하겠는가?

적어도 지금 나는 여전히 퇴로가 없었다.

며칠간의 휴식으로 내 대뇌는 완전히 회복되었다. 우주선 밖의 영상이 홀로그램을 통해 내 눈앞에 펼쳐졌다. 검은 우주에 각기 크기가 다른 다섯 개의 밝은 항성이 떠 있었는데 거리가 멀어 마치 얼어붙은 둥근 불꽃 같았다. 그 불꽃들은 모두 뾰족한 모양의 꼬리를 끌며 같은 중심으로 향하고 있었다. 그 중심이 바로 거대한 켄타우로스 자리 A블랙홀이었다. 빛도 그 블랙홀을 빠져나올 수 없었기 때문에 거기에는 어둠 외에는 아무것도 없었다. 내가 양자 카메라로 블랙홀 경계의 양자 복사를 포착하자 컴퓨터가 곧 양자화된 블랙홀 이미지를 구성해냈다. 거대한 에너지의 소용돌이로 인해 그것은 송곳니가 가득한 악마의 커다란 아가리처럼 보였다. 그런데 나는, 그 아가리를 향해 날아가 스스로 그것의 먹이가 되려고 했다.

그때 나는 우주선이 자동운항 상태로 전환된 것을 발견했다. 다시 말해 나는 우주선의 통제권을 잃은 것이다. 그것은 내가 두려움 때문에 그 관측을 포기할 것을 염려해 지구 본부가 준비해둔 설정이었다. 비록 나는 도망칠 생각이 없었지만 막상 그런 상태가 되니 사형을 당하러 형장으로 가는 듯한 절망감이 느껴졌다.

우주선의 스페이스 엔진이 점차 기능을 잃었다. 거대한 블랙홀의 인력 앞에서 공간은 이미 왜곡되었다. 이제는 연료가 다 바닥나도 상관없었다. 우주선은 블랙홀의 인력에 끌려가다가 무시무시한 호를 그으며 블랙홀의 경계로 진입할 것이다. 그때가 되면 갈기갈기 찢겨 무로 돌아갈지, 아니면 전혀 다른 세계를 만날지 확실해질 것이다. 미지에 대한 공포가 죽음에 대한 공포를 능가하기 시작했다. 시스템이 긴밀하게 내 의식 활동을 관찰하며 끊임없이 말을 걸어왔고 섹시한 여성의 목소리로 노래까지 불러주며 정서를 안정시켰다. 하지만 그런 즐거움도 금세 중단되었다. 우주선과 시스템의 신호 연결이 갈수록 나빠졌다. 최첨단의 양자 전송도 블랙홀 앞에서는 무력하기 그지없었다. 며칠 뒤, 나와 지구 본부 사이의 연결도 끊어졌다. 이제 우주선 안은 완전히 적막해졌지만 다행히도 설비는 다 멀쩡해서 마지막으로 개인적인 시간을 보낼 수 있었다. 나는 리밍을 그리워하며 베토벤 9번 교향곡을 틀었다. 그리고 음악을 들으면서 은하계를 돌아보았다. 360도로 은하계를 볼 수 있었으므로 마치 꽃 중심에 서서 에워싼 꽃잎들을 다 보는 것처럼 황홀한 느낌이 들었다.

이렇게 거대하고 찬란한 우주에서 인류는 먼지처럼 미미한 존재다.

하지만 아무리 미미해도 인류는 의식이 있고 살아 있으며 이렇게 황홀한 광경을 볼 수도 있다. 나는 문득 내가 인류라는 것에 대해, 그리고 생명에 대해 깊은 자부심을 느꼈다. 그 자부심이 나를 희열에 빠뜨렸다. 나는 그런 희열을 품은 채 블랙홀 안에 들어가기로 결심했다.

"별것 아냐, 리밍. 내가 너를 찾으러 왔어."

나는 내 자신에게 말했다.

우주선이 블랙홀의 경계에 들어서자 갑자기 눈앞이 환해졌다. 사로잡힌 광자들이 내부에서 중심을 둘러싸고 회전하며 기괴한 광경을 연출했다. 진한 보라색 빛 무리가 세계 전체를 물들였고 그 가장자리는 붉은색으로 침식되어 있었다. 나는 고개를 왼쪽으로 돌렸는데 놀랍게도 내 오른쪽이 보였다. 다시 고개를 오른쪽으로 돌리자 이번에는 내 왼쪽이 보였다! 위와 아래도 서로 마주 보여서 마치 신기한 거울 방에 들어온 것 같았다. 세계 전체가 왜곡되고 확대되었다. 그 공포스러운 느낌은 언젠가 리밍이 내게 알려주었던, 그가 의식 전이 실험 중에

접한 극한의 체험을 상기시켰다.

모든 측정기가 가동을 멈췄고 내 대뇌와 연결되어 있던 전극도 에너지를 상실했다. 내게는 대뇌만이, 의식 그 자체만이 남았다. 나의 공포는 이미 한계에 이르렀다. 만약 내게 신체가 있었다면 틀림없이 죽기 직전의 야수처럼 숨을 헐떡였을 것이다. 하지만 다행히도 내게는 신체도 호르몬의 과도한 자극도 없어서 그나마 견딜 만했다. 나는 막바지에 다다랐음을 알았다. 언제든 죽음이 찾아올 수 있는 시점이었다. 두 눈을 크게 떴다. 세계와 내가 이미 시야의 극한까지 팽창해 있었다. 의식이 흐릿해졌다. 이제 공포는 사라지고 마치 꿈속에 있는 듯했다. 나는 의식이 흩어지기 시작하는 것을 느꼈다. 또 그것이 지나가는 공간에 빛이 비쳐지고 있는 듯했다. 그 과정은 처음에는 느렸기 때문에 나는 그렇게 의식의 빛이 나아가는 과정을 느낄 수 있었다. 그것은 은하계를 벗어나고 있었으며 속도가 갈수록 빨라졌다. 그러다가 갑자기 핵폭발처럼 의식의 확산이 끝에 이르렀고 모든 과정이 종료되었다.

그때의 느낌은(만약 그것을 느낌이라고 부를 수 있다면) 이미 언어로 표현할 수 있는 범주를 넘어섰다. 하지만 인류가 이해할 수 있도록 억지로 묘사해보려 한다.

나는 동시에 우주의 어떠한 사물도 다 느낄 수 있었다. 크게는 우주의 전체적인 존재, 구체적으로 말하면 성운의 집합과 분산, 항성의 연소, 행성의 형성, 에너지의 분출에서부터 작게는 인류의 존재, 생명의 비밀 그리고 분자, 원자, 기본 입자의 무한한 형식에 이르기까지. 그것들이 다 무한한 의식 속에 있었다. 시간은 사라졌다. 혹은 우주의 모든 과거와 현재와 미래가 다 의식 속에 있었다. 그것들은 다 나였고 나는 그것들이어서 분리시킬 수가 없었다. 그 의식은 우주와 구조가 같았다. 그래서 더 이상 인류의 작은 의식처럼 탐구하고, 이해하고, 변화시키려는 욕망이 없었다. 그 의식은 우주 그 자체가 되었다. 만약 당신들이 계속 '나'라는 말로 그 의식을 가리키려 한다면 내가 바로 우주였다.

리멍에 관해 말하자면 그는 나였고 나도 그였다. 나는 그의 모든 것을 이해했다. 그가 일찍이 나의 모든 것을 이해한 것처럼. 그런 이해는 우주 속에 내재해 있었으므로 교류가 불필요했다. 다른 생명의 형식들도 마찬가지였다. 하나로 녹아들어 있었다.

마지막으로 당신들이 정 그 칩의 행방이 알고 싶다면 말해주겠다. 그것은 우주의 규칙에 의해 소멸되었다. 양전하와 음전하의 충돌처럼 유에서 무로 돌아갔다. 또 한 가지 당신에게 얘기해줄 수 있는 것은, 마지막으로 의식이 흩어지는 순간에 리멍이 때맞춰 세상에 전한 마지막 한 마디다.

"원래 이랬군."

세느강은
얼지 않는다

塞 納 河 不 結 氷

—

디안

□

우리와 손잡고 우리 여행단의 저녁식사를 책임지는 중국 식당은 '천외천天外天'이라는 이름의 쓰촨四川 요리점으로, 그들의 유명한 요리 중 몇 가지는 윈난雲南 것이기도 했다. 명성 높은 그 라파예트 백화점과 겨우 몇 걸음 거리에 있었다. 이삼일 간의 여정은 보통 다음과 같이 짜여졌다. 노트르담 대성당, 팡테옹 사원, 루브르 궁, 세느강 유람선이 먼저이고 그 다음에는 에펠탑, 샹젤리제 거리, 개선문에 간 뒤, 몽마르트르 언덕과 사크레 쾨르 대성당에 이르렀다. 물랭루즈에 갈지 안 갈지는 상황을 보고 결정했다. 마지막 날에는 당연히 여행단 사람들을 전부 9구역으로 데려가 쇼핑을 하게 했다. 라파예트 백화점의 간판이 보이면 버스 안에 환호성이 울려 퍼졌다. 다들 마치 오래전에 헤어진 친구라도 만난 듯했다.

그들이 잔뜩 물건을 사고 돌아와 만족스럽게 '천외천' 안에 앉으면 나는 보통 길게 안도의 한숨을 쉬곤 했다. 내 일이 곧 마무리되기 때문이었다. 이튿날이면 그들은 북쪽이나 남쪽으로 떠나고 그들이 가는 나라마다 나 같은 가이드가 그들을 기다리고 있을 것이다.

주인은 내게 고개를 끄덕인 뒤, 미리 약속한 대로 종업원들에게 정해진 단체 메뉴를 차리게 했다. 우리가 와서 떠들썩해진 분위기로 인해 종업원들은 어쨌든 다 기운이 났다. 좁은 테이블 밑과 의자 옆 그리고 물건을 놓을 수 있는 모든 곳에 구찌, 크리스티앙 디오르, 프라다, 샤넬, 루이비통 같은 유명 브랜드의 상품이 쌓여 있었다. 구석 자리에 앉아 있던, 연인으로 보이는 두 쌍의 젊은 남녀는 모두 스물다섯 살도 안 돼보였다. 역시 그곳에 식사를 하러 온 그들은 갑자기 들이닥쳐 시끄럽게 떠들어대는 우리가 못마땅한지 차가운 눈빛으로 주시하고 있었다. 그중 한 여자가 대놓고 큰 소리로 말했다.

"저 사람들, 중국 내의 그 부패분자라고 하는 사람들 아냐?"

그녀의 세 동행은 깔깔 웃으면서 그녀를 제지했다.

"목소리 좀 낮추라고, 아가씨. 저 사람들은 백인이 아니어서 네 말을 알아듣는다고."

나는 그들이 유학생인 것을 알아보았다. 또 그들이 잠시 즐거워하는 것도 알아보았다. 나는 무례한 말을 한 그 여자에게 살짝 미소를 지었다. 그러고서 여행단 사람들이 자리를 잡도록 계속 거들었다. 이쪽의 두 테이블을 나란히 붙이고 저쪽의 구찌 쇼핑백 몇 개를 치우게 했다. 그 사이 여행단의 유일한 어린아이가 찻잔을 엎어, 화장실이 어딘지 물어봐주었다. 모든 일을 다 처리한 뒤, 나는 태연스레 그 젊은이들과 제일 가까운 테이블을 골라 자리에 앉았다. 나는 그들이 좋았고 그들이 무슨 이야기를 하는지 듣고 싶었다. 그것은 나의 습관이었다. 매번 여행단을 데리고 중국 식당에 가면 습관적으로 유학생이 있는지 없는지 찾곤 했다. 그래서 만약 있으면 어떻게든 그들과 가까이 앉으려 했다.

그들의 대화는 늘 내게 과거의 내 삶을 상기시켜주기 때문이었다. 나도 과거에는 그들처럼 파리의 유학생이었다. 주말 저녁이면 친구들과 밖에 나가 배불리 식사하고 맥주를 마시며 실컷 수다를 떨었다. 그것은 당시 답답했던 삶의 가장 큰 즐거움이었다. 그런데 그 싫고 귀찮고 권태스러웠던 유학생 생활은 이제 와서 내가 가장 추억하고 싶고 심지어 그리운 것이 되었다. 나는, 내가 벌써 늙어서 이런 것이 아닐까 생각이 들었다.

그렇다. 나는 일주일만 있으면 스물여섯 살이다. 벌써 늙은 것이다. 나는 열아홉 살에 출국하여 몇 년간 공부를 한 뒤 가이드가 되었다. 벌써 꼬박 칠 년이 흐른 것이다. 유학생 사회에서는 외국에서 일 년을 살면 삼 년을 늙는다는 이야기가 있다. 그렇다면 나는 칠 년을 살았으니 이십일 년을 늙은 셈이다. 그러면 이제 누구나 쉽게 내 실질적인 나이를 계산해낼 수 있을 것이다.

내 뒤에 앉은 그 두 쌍의 남녀는 아직까지는 늙지 않은 듯했다. 하지만 젊고, 아름답고, 혹은 세련돼 보이는 외모 뒤의 마음이 과연 몇 살인지는 아무도 알지 못한다. 나는 그 두 여자가 향수에 대해 재잘재잘 떠드는 소리를 들었다. 파리는 확실히 그런 쪽으로는 성지였다. 두 남자는 유가가 급등하는 요즘, 무슨 차를 사야 하는지 고민을 나누고 있었다. 유학생들 중 그들은 확실히 사정이 괜찮은 편에 속했다. 그들에게서는 가난으로 인해 의기소침한 기색이 전혀 안 보였다.

그들의 화제는 자연스레 아는 사람들에게로 옮겨갔다. 마침 생선탕이 나오고 있을 때였는데 등 뒤의 남자가 말했다.

"그 얘기 들었어? 중국 여자 하나가 세느강에 뛰어들었다고 하던데."

방금 전 경솔한 말을 했던 여자가 말했다.

"응. 18구의 아이리쉬 펍에서 일하던 여자 맞지? 내 친구의 친구가 그 여자 전 남자친구를 알아. 물에서 건져냈을 때 배가 풍선처럼 빵빵했다더라."

목소리가 차분한, 다른 한 여자가 말했다.

"그 여자 전 남자친구란 사람, '중금속' 아냐? 그 '중금속'이 요즘 인터넷 게시판에서 꽤 뜨던데."

나는 결국 못 참고 고개를 돌려 그들에게 말했다.

"죄송합니다. 혹시 세느강에 뛰어들었다는 그 여자, 혹시 쑤메이양蘇美揚 아닌가요?"

그 네 사람은 약속이나 한 듯 동시에 어리둥절했다.

"저도 모르게 여러분의 얘기를 듣고 있었습니다."

변명할 필요가 있는지는 잘 몰랐지만 그래도 나는 변명을 했다.

"여러분이 말한 그 '중금속'은 제가 예전에 잘 알던 사람입니다. 쑤메이양하고도 친구였고요. 그래서 특별히 관심이 가서 그러는데요……"

"저는 그 여자 이름이 뭔지 잘 몰라요."

경솔한 아가씨가 자기는 아무 잘못이 없다는 눈빛으로 나를 보았다.

그녀 옆의 남자가 미심쩍은 눈초리로 나를 위아래로 훑어보았다.

"쑤메이양이라는 이름을 거기서 들은 것 같기는 해요. 잘 모르기는 해도……"

"맞아요, 쑤메이양이에요."

다른 여자가 말을 이었다.

"저도 전에 그녀를 알고 지냈어요. 하지만 최근 이삼 년간 통 연락이 없었죠. 대체 무슨 일이 있었던 건지도 몰랐고요."

계속 입을 닫고 있던 남자가 놀라서 그녀를 힐끔 보았다.

"둘이 같은 거리에 살았으면서 이삼 년간 한 번도 본 적이 없다고?"

그들이 무슨 이야기를 하고 있는지 나는 이미 들리지 않았다. 아무 관심도 없었다. 이제 나는 세느강에 뛰어든 그 여자가 내가 아는 그 쑤메이양이란 것을 확신했다. 왜 그랬는지는 몰라도 그들이 어떤 여자가 세느강에 뛰어들었다고 말했을 때 이미 그녀가 쑤메이양일지도 모른다는 생각이 들었다.

그날 나는 여행단을 호텔에 바래다주고 이튿날 아침에 모이는 시간을 알려주었다. 이튿날 아침에 대형 버스가 와서 그들을 화물처럼 싣고 벨기에로 데려다줄 것이다. 그러면 나의 일도 기본적으로 마무리된다. 그 다음 여행단은 다음 주 수요일에 샤를드골공항에 도착하기로 돼 있었다. 따라서 나는 무려 닷새나 주말을 갖게 된 것이다. 나는 술을 한 잔 마시기로 했다. 어쨌든 지금은 집에 돌아가도 란잉藍櫻이 없을 것이다.

란잉은 내 여자친구다. 우리는 벌써 칠 년간 동거했으며 지금은 냉전 중이다.

칠월의 파리는 아직 여름이 아니었다. 내 기억 속의 파리는 언제나 일 년 중 여섯 달이 겨울이었다. 그리고 나머지 여섯 달은 뭐라고 말하기 어려웠다. 어느 주는 초봄이고 어느 주는 늦가을이어서 황당하기 그지없었다. 막 파리에 왔을 때는 바로 그런 날씨가 가장 골치가

56

아팠다. 우리는 사계절 옷을 다 꺼내놓고 시시때때로 바꿔 입어야 했다. 맨 처음 나와 란잉은 함께 겨우 십오 제곱미터밖에 안 되는 집을 빌렸는데, 생각나는 공간을 총동원해 옷을 걸어야 했다. 우리 둘은 파리에 온 첫해에 번갯불에 콩 볶아 먹듯 사귀고 동거에 들어갔다. 그것은 유학생들 사이에서는 전혀 신기한 일이 아니었다. 그때 내가 열아홉 살이었다는 것은 이미 말한 듯하다. 란잉은 열여덟 살이었고 중국 내 어느 학교에서 연애 문제로 사고를 치는 바람에 부모님에 의해 보내진 신세였다. 만약 우리가 국내의 어느 도시에 있었다면 나와 란잉의 만남과 사랑은 아마도 어설픈 아이돌드라마의 장면을 흉내 내다가 마찬가지로 어설픈 결말을 맞았을 것이다. 하지만 당시 우리는 함께 운명에 의해 잘못 배경이 설치된 무대 위에 던져진 상태였다. 그래서 혼돈 속에서 본능에 의지해 극본 없는 즉흥극을 연기할 수밖에 없었다. 그 마지막 결과는 기이하고 혼란하여 곤혹스럽기 짝이 없었지만 어쨌든 그것은 우리 자신의 이야기였다.

그때 란잉은 파리에 도착하자마자 중개회사의 소개로 고색창연한 18세기 석조 주택에 짐을 풀었다. 춥고, 눅눅하고, 벽난로에서 계속 쥐인지 아닌지 미심쩍은 동물의 울음소리가 들려왔다. 게다가 하필이면 몇 명의 룸메이트가 전부 똑같이 프랑스어를 잘 못하는 방글라데시 혹은 파키스탄의 유학생이었다. 또한 처음에 무슨 일이 있었는지는 몰라도 그들은 나중에 자기들끼리 똘똘 뭉쳐 란잉이 공동주방의 전기렌지를 쓰는 것도, 일층 우편함에 자기 이름을 붙이는 것도 못하게 했다. 결국 란잉은 혼자서 아무도 몰래 커다란 트렁크 두 개를 꾸려 여러 번 지하철을 갈아타고 한밤중에 사촌언니를 찾아갔다. 당시 우리 세 사람, 그러니까 나와 란잉의 사촌언니와 그리고 별명이 중금

속인 사촌언니의 남자친구는 함께 아파트 하나를 세 내어 살고 있었다. 나와 란잉은 바로 그 낭패스러운 밤에 서로를 알게 되었다.

어느 날, 사촌언니와 중금속이 밖에서 밤을 새고 집에 돌아오지 않았다. 그날, 란잉은 내 방에서 잤다. 자정께에 우리는 가슴을 두근거리며 서로의 첫날밤을 치렀고, 새벽 두 시에는 벌써 오래 함께 지낸 부부처럼 만약 둘이 그 집에서 나간다면 어느 곳의 어느 가격대 집을 구해야 할지 의논했다. 나는 우리가 마치 옛날 사람처럼 먼저 신혼 초야를 보낸 뒤, 차츰차츰 서로를 손님처럼 존경하는 부부가 되기 시작했다는 느낌이 들었다. 이튿날 아침, 우리 둘은 세느강변으로 산책을 나갔다. 그 도시는 평소와 같았다. 아무도 우리를 호기심 어린 눈빛으로 보지 않았다. 혹은 그들이 보기에 노란 피부와 까만 눈동자의 젊은 동양인 커플이 손을 잡고 그 도시를 활보하는 것은 전혀 이상할 것이 없었다. 하지만 나는 분명히 느꼈다. 내 열아홉 살의 몸속에서 어떤 것이 이미 꺼져버렸다는 것을. 그래서 나는 순조롭게, 아무 기미도 없이 늙어가기 시작했다.

지난 칠 년간 나와 란잉은 그닥 헤어질 만한 이유가 없었던 것 같다. 우리는 세상의 보통 남녀들이 겪는 모든 시련을 다 겪었다. 예컨대 오랜 세월을 함께 보낸 끝에 느끼는 권태와, 생계문제로 인한 언쟁과 다툼 그리고 잠시 딴마음을 먹었다가 어느 새벽 머리를 감싸 안고 터뜨리는 통곡까지 안 겪은 일이 없었다. 불처럼 뜨겁고 얼음처럼 차가운, 뼈아픈 미련을 제외하고서 말이다. 이제 란잉은 이미 맨 처음에 방글라데시인들에게 설움을 받던 그 가엾은 소녀가 아니다. 화사한 파마를 하고 랑콤 루즈를 바르고 있으며 일거수일투족에서 경험 많은 여성의 노련함이 묻어난다. 지금 그녀가 일하는, 원저우溫州 사람이 문을 연 화장품 면세점에서, 파리에 막 온 어린 여자들은 그녀를 '란잉 언니'라고 부른다. 그녀는 온화하고 친절하며 대단히 절도 있는 말투로 그녀들의 전화를 받고 그녀들의 질문에 일일이 답한다. 예컨대 이민국의 거류 수속은 어떻게 밟는지, 어느 은행의 수수료가 상대적으로 싼지, 그리고 어떻게 의사를 찾아 애를 떼야 하는지 척척 알려준다. 아마도 누군가의 눈에 그녀는 이미 파리 사람으로 보일 것이다.

다만 그녀는 이제 더 이상 그런 온화한 말투로 내게 말을 걸지 않는다. 나는 내심 잘 알고 있다. 그녀가 점점 더 나를 업신여기고 있다는 것을. 나는 파리에 와서 칠 년 동안 연이어 학교를 옮겨 다녔고 제대로 공부를 못했다. 원래 나는 무슨 공부를 할 사람이 아니었다. 결국 가까스로 어느 사립학교의 학사 졸업장을 따긴 했지만 그 학교의 이름이 뭔지는 밝히고 싶지 않다. 말하고 나면 사람들의 비웃음을 살 것이다. 나의 아버지는 중국 내에서 여행사를 운영한다. 그래서 졸업 후 나는 일을 도왔고 특히 파리 여행단의 관광을 책임졌다. 그래서 최근 이 년 사이 나는 유럽의 크고 작은 이십여 개 나라를 뛰어다녔다. 아마 앞으로도 몇 년간 그렇게 아무 희망 없이 관광지와 관광지 사이를 계속 왔다갔다할 것이다. 한 마디로, 평생 동안 나는 아버지에게 의지해 먹고 살 것이다. 란잉은 나와 다르다. 그녀는 자신의 힘으로 모든 사람의 환심을 산다. 그녀를 처음 만난 프랑스인은 거의 예외 없이 그녀의 프랑스어 실력을 칭찬하곤 한다. 그녀는 곧 명문대학에서 석사학위를 딸 것이다. 그녀의 백인 지도교수는 그녀가 졸업 후 실험실에서 반년 동안 자기 일을 도와주기를 바란다. 게다가 그녀가 나중에 일자리를 구하면 반드시 근사한 추천서를 써주겠다고 말했다. 그녀가 그저 용돈벌이를 위해 아르바이트를 하는 화장품가게 여주인조차 그녀가 마음에 들어, 늘 그녀를 가리키며 성가신 손님들에게 말하곤 한다.

"저 사람이 우리 가게 지배인이니까 용건이 있으면 다 저 사람한테 얘기해요."

그래서 나 자신조차 란잉에게는 나를 떠날 만한 이유가 얼마든지 있다고 생각한다. 그녀가 아직 헤어지자는 말을 꺼내지 않은 것은 그래도 아주 약간의 아쉬움이 남아서일 뿐이라는 것을 난 알고 있다. 그런데 그녀는 아마 모를 것이다. 사실 나도 그녀에게 아주 약간의 아쉬움이 남아 있을 뿐이라는 것을 문득 떠올리곤 한다. 겨우 열여덟 살이었던 그해, 그녀는 이불을 뒤집어쓰고 침침한 골방에 앉아 나와 함께 방세와 전기요금을 일일이 계산했다. 그녀는 열여덟 살에 가난한 부부의 갖가지 비애를 경험했고 열아홉 살에는 서로 어려움을 함께한다는 것이 무엇인지 알았으며 스무 살에는 이미 모든 꿈을 상실했다. 지금 그녀는 스물다섯 살이 되었으며 노련하고 강인하며 섹시했다. 경제적으로든 정신적으로든 모두 독립적이었고 이 세상에 대해 자신만의 생각이 있었다. 그러나 나만은 알고 있었다. 그녀가 이제껏 청춘을 누려본 적이 없다는 것을. 그것이 바로 내가 마음속으로 그녀를 동정하는 이유였다.

나는 지하철에 앉아 천천히 옛일을 회상하고 있었다. 몇 번이나 휴대폰을 꺼내 란잉에게 전화를 걸고 싶었지만 생각 끝에 그만두기로 했다. 정신을 차리고 보니 나는 2호선 북쪽 방향 열차를 타고 있었다. 그렇다면 어쩔 수 없이 18구에서 내려 술집을 찾아야 했다. 우선 몽마르트르 근처에 있는, 그 아이리쉬 펍에 가는 것이 좋을 듯했다. 그 펍은 막 이 세상을 떠난 쑤메이양이 한때 일하던 곳이었다.

나와 란잉은 파리에 온 지 세 번째 해에 쑤메이양을 만났다. 그때 우리의 생활에는 이미 변화가 있었다. 두 사람 다 공부를 하면서 괜찮은 일자리를 구한 덕에 살림이 넉넉해져 주말이면 친구들과 즐겁게 먹고 마셨다. 파리는 흥청망청 놀기에 꽤 적합한 도시였다. 내 기억에 당시 란잉의 사촌언니는 백인과 결혼했고 그 바람에 솔로가 된 중금속은 새 애인을 구했는데 그녀가 바로 쑤메이양이었다. 그때 우리 네 사람은 다른 친구들과 함께 늘 새벽까지 광란의 밤을 즐겼다. 정신이 아직 멀쩡하면 다 같이 자정의 거리를 미친 듯이 달려 마지막 지하철을 타고 집으로 돌아갔고, 그렇지 않으면 밤을 새워 놀았다. 여명이 조금씩 하늘을 하얗게 물들이는 것을 보고 있다가, 파리의 여명이 놀랍게도 고향 도시의 여명처럼 쓸쓸하고 고요해 번화한 흔적이 전혀 없다는 것을 깨닫곤 했다.

바로 그 시기에, 연이어 광란의 밤을 지새던 그 시기에 나는 비로소 세월이 실은 길다는 것을, 파리의 세월도 그렇다는 것을 느꼈다.

아일랜드인의 그 펍은 좁고 긴 골목 안에 있었다. 18구의 몇몇 장소들은 아주 오래된 파리의 모습을 여전히 간직하고 있었다. 위고의 소설을 보면 1848년 2월 혁명의 시가전은 아마도 이런 좁은 길에서 시작됐을 것이라고 적혀 있다. 몇몇 곳의 도로는 아주 작은 돌멩이를 하나하나 깔아 만들어졌다. 예전에 우리 몇 명은 늘 뒤에 남아 쑤메이양 혼자 가뿐히 우리를 따돌리고 멀리 앞서가는 것을 보곤 했다. 그녀의 날씬한 뒷모습이 그 오래된 길과 혼연일체가 되었다. 이윽고 그녀는 고개를 돌리고 우리에게 상큼한 미소를 지어보였다.

"빨리 오라고. 나, 어서 출근해야 해."

메이양은 예쁜 여자는 아니었다. 란잉과 비교해도 란잉만큼 예쁘지는 않았다. 하지만 그녀의 얼굴에는 한 번 보면 잊지 못할 뭔가가 있었다. 그 되는 대로 살아가던 날들 중에 나는 메이양의 어떤 점이 그렇게 깊은 인상을 남기는지 수도 없이 연구해보고 싶었다. 하지만 끝내 설득력 있는 결론을 얻지 못하고 어쩔 수 없이 '기질' 탓으로 돌리고 말았다.

지금 나는 추억의 장소를 다시 찾았다. 우리가 한때 물 쓰듯 시간을 보내던 펍에 온 것이다. 하지만 메이양은 이미 사라지고 없었다. 나는 심지어 낯선 이들의 입에서 그녀가 죽었다는 소식을 들었다. 그녀가 가뿐히 세느강에 몸을 던질 때 과연 우리 생각을 했는지, 또 우리에게 전화를 걸고 싶었는지도 알지 못했다. 비록 요 몇 년간 우리는 만나지 못했고 서로 멀어졌다고 말할 수 있지만, 한때 마지막 지하철을 타러 함께 미친 듯이 달렸던 친분을 생각하면 어떻게든 작별인사는 해야 했다.

하지만 나는 메이양이 야박한 사람은 아니라고 확신했다. 더 나아가 메이양은 당시 우리 사이에서 가장 의리 있고 정이 깊은 사람이었다. 하지만 지금 메이양은 죽었고 우리에게 단 한 마디 말도 남기지 않았다.

저녁 열 시는 어느 술집이든 막 시끄러워지는 시간이다. 담배연기가 자욱하고 무거운 분위기가 감돌았다. 하지만 그런 분위기는 편안한 느낌을 주기도 했다. 적어도 곰팡내와는 거리가 멀기 때문이었다. 나는 사람들 사이를 비집고 바 앞으로 가서 바텐더에게 스카치위스키 작은 잔 하나를 주문했다. 한 잔을 단숨에 비워 메이양을 추모해야 하는지, 아니면 조금씩 천천히 마시며 그녀를 그리워해야 하는지 망설여졌다. 나는 그것이 가식이라는 것을 알았지만 정말 다른 방식으로는 내 상념을 표현할 길이 없었다. 메이양, 왠지는 몰라도 나는 네가 죽을 것 같았어. 네가 그리울 거야. 늘 그립지는 않겠지만 분명히 가끔씩은 그리울 거야. 그때 친구들 중 다른 사람은 어떻게 되든 상관 안 해. 나는 언제나 생각했어, 네가 평범한 여자가 아니라고. 너는 이미 세상 사람들에게 그걸 증명할 기회를 잃었지만 말이야.

그해의 어느 일요일 아침, 우리 넷은 왜 그랬는지는 몰라도 함께 감옥에 갔다. 엄밀히 말하면 그곳은 옛날 감옥을 개조해 만든 박물관이었다. 우리 넷은 메이양, 중금속, 란잉 그리고 나였으며 우리는 멋모르고 그 안으로 들어갔다. 들어가고 나서야 알았는데, 그 감옥은 아주 유명한 곳이었다. 마리 앙투아네트가 수감된 적이 있었고, 또 기억이 잘 안 나긴 해도 이름은 귀가 닳도록 들어본 로베스피에르나 당통 중 어느 한 명도 수감된 적이 있었다. 우리는 흥미진진해 하며 감방의 유적과 감방 안에 진열된 밀랍상을 스치듯이 다 보았다. 그러고서 기회를 안 놓치고 뭐든 농담을 할 만한 것을 가리키며 그닥 고급스럽지 않은 농담을 해댔다. 그때 중금속은 짐짓 정색을 하고 말했다.

"마리 앙투아네트의 가슴이 정말 이 밀랍상만큼 컸나?"

이윽고 모르는 사이에 우리는 후원에 다다랐다. 여느 집 마당과 비슷한 자그마한 정원이었으며 땅바닥에 파란 이끼가 끼어 있었다. 또한 구석에는 돌을 깎아 만든 연못이 있었는데 잔뜩 녹이 슨 놋쇠 수도꼭지에서 물방울이 뚝뚝 떨어지고 있었다. 우리 같은 여행객 하나가 무심하게 다가가 그 수도꼭지 손잡이를 비틀어 생수병을 가득 채웠다. 우리 네 사람은 그 모습을 보면서 왠지 모르게 약속이나 한 듯 몇 초간 침묵에 빠졌다. 이윽고 란잉이 미심쩍어하며 그 수도꼭지에서 떨어지는 물방울에 손을 댔다가 불에 데기라도 한 듯 꺅 소리를 질렀다.

"너무 차가워. 뼛속까지 얼어붙을 것 같아."

바로 그때 나는 마리 앙투아네트도 형장으로 가기 전, 역시 방금 전 그 여행객처럼 그 수도꼭지의 물을 마시지 않았을까 생각이 들었다. 그리고 몇 시간 뒤 그녀는 단두대에 올라갔다. 그 오만하고 사치스러웠던 여인은 단두대 위에서 실수로 사형집행인의 발을 밟았는데, 여전히 고상한 말투로 "미안하구나"라고 말했다.

막 떠나려고 할 때 우리는 메이양이 사라진 것을 알았다. 우리는 온 길을 따라 거꾸로 그녀를 찾으러 갔다. 다시 마리 앙투아네트의 밀랍상을 보았을 때 나는 중국어 발음의 흔적이 뚜렷한 내 프랑스어로 그녀를 붙들고 묻고 싶었다. "왕비님, 우리의 동행을 보지 못하셨습니까?"라고. 알고 보니 메이양은 줄곧 그 자그마한 정원에 있었다. 우리는 그녀가 몸을 숙이고 하얀 손을 그 수도꼭지 아래에 댄 체 밀랍상처럼 꼼짝도 않고 있는 것을 보았다. 란잉이 뼛속까지 얼 정도로 차다고 했던 물이 한 방울씩 그녀의 손바닥에 고이고 있었다. 그녀의 손은 이미 얼음조각이 돼버린 것 같았다.

우리가 부르는 소리를 듣고 그녀가 고개를 돌려 생긋 웃었다. 순간 그녀의 눈 속에서 강렬한 뭔가가 나타났다 사라졌다. 우리는 모두 그녀의 알 수 없이 빛나는 미소가 조금 두려웠다. 이윽고 그녀가 말했다.

"나 방금 마리 앙투아네트를 봤어. 진짜 마리 앙투아네트였어."

"너 미쳤구나!"

란잉의 한 마디에 모두 깔깔거리며 웃었다. 그녀는 전혀 개의치 않고 조금 겸연쩍어하며 설레설레 고개를 흔들었다. 단지 나 혼자만 그녀의 말이 진실인지도 모른다고 생각했다. 바로 그 순간, 돌연 내 머릿속에 어떤 생각이, 메이양은 오래 사는 것이 불가능한 사람이라는 생각이 떠올랐다. 나는 즉시 그런 황당하고 미신 같은 생각을 비웃었다. 하지만 확실히 바로 그때 메이양의, 다른 사람이 잊지 못하게 만드는 점이 무엇인지 어렴풋이 깨달았다. 그녀는 아직 젊은데도 눈썹 언저리가 대단히 노숙하고 심지어 쓸쓸해 보였다. 특히나 활짝 웃을 때 더 그랬다.

위스키를 다 마신 뒤, 나는 또 큰 잔으로 맥주를 시켰다. 차가운 맥주만이 여름날의 느낌을 조금이라도 불러일으킬 수 있었다. 내가 무료하게 맥주잔을 들고 바를 벗어나려 할 때였다. 등 뒤의 왁자지껄한 소음 속에서 매우 순수하고, 또 매우 분명한 중국어가 들렸다.

"정타오郑韬, 정말 너로구나. 오랜만이야!"

쑤메이양이 내 것과 똑같은 맥주잔을 들고 함박웃음을 지으며 내 등 뒤에 서 있었다.

그 순간, 나는 내 자신이 바보가 된 것 같았다. 몇 분 전까지만 해도 어떤 방식으로 위스키를 마셔야 사자死者에 대한 내 그리움을 적절히 표현할 수 있을지 고민했는데, 그 아름다운 사자가 활짝 웃으며 내 눈앞에 나타난 것이다. 마치 하느님이 짝, 하고 내 뺨을 후려갈긴 것만 같았다. 나는 왜 바보같이 잘 모르는 사람들이 식사자리에서 멋대로 떠드는 이야기를 믿었을까?

그래서 나는 무척 난처한 미소를 지으며 말했다.

"하이, 메이양. 정말…… 오랜만이야."

"이 년 반 만이네."

메이양이 정확하게 말했다.

"항상 보고 싶었어. 이번 주말에는 꼭 정타오와 란잉에게 전화를 걸어야지, 했다가도 주말이 다 지나갈 즈음에는 또 다음 주말에 걸어야지, 했지 뭐야."

그녀는 편안한 미소를 지었다. 그녀의 표정은 예전 그대로였다.

"누가 아니래."

나는 고개를 끄덕였다.

"우리도 그랬어."

"내가 보기에는 이래."

메이양이 맥주를 크게 한 모금 마신 뒤 말했다.

"우리는 다 이 비효율적인 나라에 사느라 게을러진 거야. 늘 하루가 긴 것 같고 어떤 일도 서두를 필요가 없잖아. 하루가 48시간 같다니까."

"네 말이 맞아."

나는 쓴웃음을 지었다.

"요즘 어떻게 지내?"

"전과 똑같아. 작년 말에 한 갤러리와 계약을 맺었어. 되는 대로 그림을 몇 점씩 그려주지. 이 펍의 일은 두 달 전에 그만뒀고. 넌 어때?"

나는 자세히 그녀를 뜯어보았다. 그녀는 조금 변한 듯했다. 청바지와, 그물 모양으로 술이 늘어진 검정색 상의에 반짝이는 구슬이 가득 꿰매어져 있었다. 루즈도 반짝이는 것으로 바뀌었다. 그녀는 예전에는 그렇게 화려하게 차려입은 적이 없었다. 하지만 나는 지금 차림새가 그녀에게 잘 어울리고 적당히 섹시해보인다는 것을 인정하지 않을 수 없었다. 나는 웃으며 말했다.

"나는 공부는 벌써 그만뒀어. 가이드가 됐는데 사실은 아버지 일을 돕고 있는 거야. 그냥 먹고 살려고 하는 짓이지. 이제는 아무것도 신경이 안 쓰여. 란잉이 점점 더 나를 고깝게 보는 것도. 아무래도 갈 데까지 간 것 같아."

"너하고 란잉이 이렇게 오래 산 것도 쉽지 않은 일이야."

그녀는 오래된 친구처럼 나를 위로했다.

"나하고 중금속을 보라고. 헤어질 일이 전혀 없는 것 같았지만 결국 이 년을 못 버텼잖아. 그러니까 너희가 벌써 칠 년을 산 건 정말 대단한 거라고. 가능한 한 관계를 회복할 수 있으면 좋겠어."

"너는 어때?"

나는 얼른 화제를 돌렸다.

"요 몇 년, 남자는 있었어?"

"남자 같은 건 뭐."

그녀는 장난스레 끝말을 길게 끌었다.

"원하면 얼마든지 있잖아."

우리 둘은 즐겁게 깔깔거리며 웃었다. 그리고 약속이나 한 듯 서로 쥐고 있던 잔을 들어 쨍, 하고 부딪쳤다.

"자, 한 잔 마셔, 메이양."

나는 진심을 담아 말했다.

"다시 만나서 반가워."

"그래, 오랜만에 다시 만나서 반가워."

그녀는 뚫어지게 나를 바라보고 있었다. 그녀의 눈에서 한 가닥 어두운 수증기가 넘쳐 올라 내 마음을 움직였다.

그 다음에는 조금 혼란하게 일이 전개되었다. 하지만 사실은 내가 예상했던 순서와 척척 맞아 떨어졌다. 우리는 계속 잔을 마주쳤고 또 계속 재회를 축하했다. 술이 오르면 사람은 쉽게 마음을 터놓게 된다.

나는 그날 우리가 술을 얼마나 마셨는지 모른다. 술값은 누가 냈는지도 기억이 나지 않는다. 그 다음에 나는 혼미한 상태로, 나처럼 혼미한 메이양을 끌고 지하철역으로 갔다. 또 그 다음에 내가 번쩍 정신이 들었을 때는 이미 메이양의 아파트 문 앞이었다.

"올해 일월에 여기로 이사 왔어."

그녀는 구식 열쇠를 쥐고서 빙그레 웃으며 문을 열었다.

나는 초등학생이 아니었다. 당연히 앞으로 무슨 일이 생길지 알고 있었다. 기왕 여기까지 온 이상, 갈 데까지 가보자고 생각했다. 지금 잘난 체하며 작별인사를 하는 것은 더 안 좋았다. 메이양이 욕실에 들어갔고 잠시 후 샤워하는 소리가 들렸다. 나는 머리가 어지러워 잠시 소파 위에 비스듬히 누워 있었다. 그런데 갑자기 울컥 구역질이 나서 더 생각할 틈도 없이 욕실로 뛰어 들어가 변기를 붙잡고 구토를 했다. 귓가에 물소리가 생생하게 메아리쳐 머릿속을 흠뻑 적시는 듯했다.

구토를 마치고 변기의 물을 내리니 정신이 조금 맑아졌다. 수돗물을 틀어 세수를 하고 양치질도 했다. 바로 그때, 샤워를 하고 있던 메이양에게 사과를 해야 한다는 생각이 떠올랐다. 그래서 고개를 들었다가 나는 뜻밖에도 그녀가 언제부터인가 샤워 커튼을 걷어 놓고 있었다는 것을 깨달았다.

나는 그녀의 몸을 똑똑히 보았다. 본래는 "문신이 진짜 아름답네"라고 말할 생각이었다. 그런데 그 말을 입 밖에 내기 전에 그것이 문신이 아니라는 것을 깨달았다. 그녀의 등과 다리와 허리에는 코발트색으로 빛나는 은색 비늘이 덮여 있었고 또 그녀의 발가락 사이에는 은색 물갈퀴가 나 있었다. 그녀는 온몸을 드러내고 내 앞에 선 채 슬픈

눈으로 나를 바라보았다. 본래는 더할 나위 없이 평범한 도시 남녀의 불륜이 이뤄져야 할 밤에 자신의 가장 소중하고 은밀한 비밀을 내게 보여주었다.

나는 그제야 그녀가 원래 이토록 나를 신뢰했음을 알았다.

"정타오."

그녀가 애처로운 목소리로 말했다.

"지금 내가 추해 보여?"

나는 고개를 흔들며 천천히 말했다.

"메이양, 세느강의 물은 차갑지?"

"너, 전부 알고 있었어?"

그녀가 깜짝 놀라 눈을 크게 떴다.

"오늘에서야 알았어."

나는 두 팔을 뻗어 그녀를 꼭 껴안았다. 아니나 다를까 그녀의 몸은 여러 해 전 마리 앙투아네트가 갇혔던 감옥의 파란 이끼처럼 차디 찼다.

"정타오, 내가 무섭지 않아? 나는 지금 귀신이야."

그녀는 조용히 눈물을 머금었다.

"전혀 안 두려워, 메이양. 다만 네가 왜 그랬는지 궁금할 뿐이야."

내 말에 그녀는 고개를 흔들었다.

"나도 몰라. 난 그냥 쓸쓸했을 뿐이야. 그런데 죽어서도 쓸쓸함이 지워지지 않는다고 느꼈을 때 비늘이 천천히 나기 시작했어. 그래서 이따금 물에서 빠져나와 원래 자주 가던 곳을 거닐곤 해. 다행히 세느강은 얼지 않으니까 어쨌든 얼음 밑에 갇힐 일은 없잖아. 언제든 마음만 먹으면 밖에 나올 수 있어. 오늘 너를 만나서 정말 기뻐."

나는 천천히 그녀의 비늘에 입을 맞췄다. 우리는 아파하며 서로 뒤엉켰다. 그 밤은 마치 세월의 상처인 것 같았다. 모든 욕망과 뜨거운 감정이 끝없이, 신선한 피처럼 솟아났다.

"아아, 정타오."

그녀가 넋을 잃고 한숨을 쉬었다.

"정말 란잉이 부러워죽겠어."

나는 두 손으로 그녀의 얼굴을 붙잡고 진지하게 말했다.

"기억해둬. 나는 가끔 관광객을 데리고 세느강에서 유람선을 타곤 해. 너는 나를 보면 꼭 무슨 수를 써서든 인사를 해줘. 알았지? 자주 인사해주지 않으면 네가 그리울 테니까."

"알았어."

그녀는 고개를 끄덕이고 감미로운 미소를 지으며 말했다.

"이건 비밀인 거야, 우리 둘만의."

비극의 극장

悲 劇 劇 場

—

연거

"비극을 상연하는 극장은 결국 비극으로 끝난다."

이것은 소설가가 내게 해준 말이다. 그때 우리 둘은 모두 어렸고 나는 아직 완푸가萬福街에 살고 있었다. 사이좋은 다른 친척들과 마찬가지로 우리 집과 그녀의 집은 겨우 반 블록 거리였다. 류싸오반점六嫂飯店과 쓰레기수거센터를 건너면 바로 완푸가 7번지였고 그곳이 소설가와 고모, 고모부가 함께 살던 곳이었다.

소설가는 어려서부터 개구쟁이였다. 매일 학교가 끝나면 집으로 가지 않고 나와 함께 우리 집에 처박혀 아버지가 내게 사준 책을 읽었다. 내 방은 길 쪽으로 창이 나 있었는데 소설가는 창턱에 앉아 오래되어 녹슨 화분대를 밟고서 책을 보며 먼 곳을 바라보기를 좋아했다. 나는 그녀가 행인들을 감상하려고 그러는 것인지, 아니면 행인들이 자기를 감상하게 하려고 그러는 것인지 오랫동안 궁금해 했다. 그러다가 결국에는 일을 마치고 온 어머니가 건물 밑에서 그녀를 보고 빽

소리를 질렀다.

"룽룽聾聾, 어서 내려와! 내려오라고! 떨어지면 어쩌려고 그래?"

그럴 때마다 소설가는 좋은 시간이 다 갔다는 것을 알고 원숭이처럼 쪼르르 창턱에서 기어 내려와 나와 책상 앞에 나란히 앉았다. 그리고 가방에서 공책을 꺼내 열심히 숙제하는 시늉을 했다.

어머니는 일층에서 이웃들과 인사를 나누며 올라왔다. 그녀의 발자국 소리가 점점 가까워지다가 마침내 그녀가 집에 들어서서 가방을 내려놓고 가장 빠른 속도로 온 집안의 문과 창을 열어젖혔다. 그러면 겨우 일 초 만에 나와 소설가의 은밀한 작은 세계는 활짝 밖으로 드러났고 완푸가의 모든 소리가 한꺼번에 밀려들었다.

어머니는 그런 것은 별로 신경 쓰지 않고 콧노래를 흥얼거리며 야채를 씻으러 부엌으로 갔다. 하지만 그 쏟아져 들어오는 소리들은 내 귀를 윙윙 울렸다. 가장 큰 소리는 류싸오반점의 호객 소리였다. 눈치 빠른 종업원 샤오류小劉가 문가에 서서 "어서 오십시오!"라고 외치며 그 식당의 주요 메뉴를 줄줄이 읊어댔다. '바이궈사오지白果燒鷄'*부터 시작해 '궁바오러우딩宮保肉丁'**에서 끝나면 당장 사람들의 입에 침이 고였다. 하지만 대단히 불행하게도 조금만 있으면 쓰레기차가 와서 여러 날 묵은 쓰레기를 쓰레기센터 안에 와르르 쏟아놓곤 했다. 그곳에 쌓인 쓰레기는 나중에 더 큰 쓰레기차가 와서 더 먼 곳의 쓰레기처리장으로 몽땅 싣고 갔다. 어쨌든 그 쓰레기 쏟아지는 소리가 들리면 맛있는 요리에 관한 상상은 바로 끝이 났다.

그 밖의 다른 소리도 매일 들을 수밖에 없는 것들이었다. 지나가

---

* 은행을 넣어 맑게 끓이는 일종의 닭곰탕
** 살코기를 네모난 모양으로 잘게 썰어 기름, 땅콩, 식초, 소금 등과 함께 볶는 요리

는 사람들이 서로 친절하게 안부를 묻는 소리와 나지막이 인사를 주고받는 소리를 들어보면 익숙한 이름들 사이에서 비밀과 비밀이 서로 교환되었다. 그런 일상적인 소리는 성가시기는 했지만 거리에서 자란 우리 같은 아이들에게는 이미 익숙해서 조금만 교과서에 정신을 집중하면 말끔히 사라지곤 했다.

하지만 소설가는 그렇지 않았다. 나는 창밖 완푸가의 자질구레한 일들이 더 그녀의 주의를 끄는 게 아닌가 싶었다. 그녀는 연습장에 수학 문제의 답을 쓰고 있었지만 도통 진전이 없었다. 다른 소리들이 그녀의 귀를 꽉 채웠고 그녀에게는 사소한 일들과 말로 표현할 수 없는 일들이 항상 객관적인 수학공식보다 더 매력적이었다. 그녀는 잠시 듣고 있다가 갑자기 내게 물었다.

"언니, 저 소리 들려?"

그녀는 반짝이는 눈으로 나를 보며 내 답을 기대했다.

그래서 나는 정신을 집중하고 그 소리의 밀림 속에서 그녀가 말하는 소리를 찾으려 했다.

"저 소리 말이야."

소설가가 은밀하게 또 말했다.

"안 들려."

나는 그녀에게 내 답을 말해주었다.

"이상하네. 나는 똑똑히 들리는데."

우리는 서로 마주본 채 자기 의견을 고집했다. 소설가의 눈빛이 흐릿해지려 했다.

뜻밖에도 그녀는 멀리서 음악소리가 들린다고 했다. 무슨 연습곡 같다는데 완푸가의 잡다한 소음과는 전혀 안 어울렸다. 나는 소설가가 그런 소리를 들었다는 게 무척 놀라웠다. 하지만 역시 안 들린다고 완강히 주장했다. 그 자리에 있던 겨우 두 명 중 한 사람인 내가 안 들린다고 하면 소설가도 결국 자기가 잘못 들은 줄 알 것이라고 생각했다. 과연 그녀는 내가 바라던 대로 그랬다. 그런데 예상치 못하게도 시간이 흐르면서 나는 처음 부인한 것 때문에 그 소리의 존재를 까맣게 잊고 말았다.

그 소리는 너무나 가늘었고 이웃들이 소리 높여 아이를 욕하는 아우성 뒤로 끊어질 듯 말 듯 가냘프게 들려왔다. 그렇게 한동안 들리다가 저녁때가 되기 전에 뚝 그쳤다.

그때 나와 소설가는 이미 다른 일에 관해 이야기하고 있었다. 그녀는 더 근사한 화제들, 지긋지긋한 현실보다는 미래에 관한 것들에 정신이 팔렸다. 우리는 훗날 각자의 직업과 모습과 집과 배우자, 심지어 자식들에 관해 상상했다. 소설가의 바람은 소설가가 되는 것이었다. 그녀는 자기가 진짜 책을 출판하고 표지는 예쁜 남색으로 만들면 좋겠다고 말했다. 그리고 그 꿈을 이룰 수 있다는 것을 증명하기 위해 빨개진 얼굴로 내게 방금 쓰기 시작한 첫 번째 소설을 보여주었다.

그 소설의 이름은 『소리 악단』이었다.

"우리가 아직 어렸을 때 융안시永安城 사람들은 모두 괴수의 울음소리를 들을 수 있었다."

이것이 그 소설의 첫 문장이었는데 꽤 그럴 듯했고 성숙해보이려는 티가 났다.

그 소설은 파란색 볼펜으로 표지가 녹색인 수첩에 적혀 있었다. 도시 북쪽의 쓰레기처리장에서 매일 울부짖는 거대한 괴수에 관한 이야기였다. 글씨체가 반듯했고 틀린 데마다 수정 용지가 꼼꼼히 붙어 있었다. 소설가가 꼼짝 않고 지켜보고 있는 상태에서 몹시 정신을 집중했는데도 나는 그녀의 그 처녀작을 다 못 읽을 것 같았다. 소설가의 작품이 너무 졸렬해서가 아니었다. 열네 살 소녀의 작품치고는 문장이 술술 막힘이 없었다. 단지 그녀가 너무 적나라하게 모든 일을 소설 안에 다 적어 넣었기 때문에 그랬다. 괴수의 울음소리는 두 블럭 밖에 있는 어떤 종鐘과 관련이 있었다. 그런데 우리가 사는 거리의 모든 것이 그 소설 안에 낱낱이 들어가 있었다. 고모와 고모부와 이웃들의 시시비비와, 그녀가 매일 집중해 듣고 전전긍긍해 마지않는, 황당하고 쓸모없는 일들이 깡그리 담겨 있었다. 그녀는 나를 주시하고 있었다. 내게 그 소리가 들리지 않는지 물었을 때처럼 크게 눈을 뜨고 내 표정을 살피면서 납득할 만한 답을 해주길 기대하고 있었다.

『소리 악단』은 수첩의 앞쪽 열한 페이지를 채웠고 아직 미완성이었다. 소설가가 내게 물었다.

"느낌이 어때?"

"잘 썼네."

나는 수첩을 덮고 그녀에게 웃음을 지어보였다.

나는 그렇게 그녀에게 답을 주었고 그녀가 결국에는 또 내게 설득되기를 바랐다. 그런데 내 칭찬에 대해 그녀는 조금 쑥스러워하면서 말했다.

"이제 조금 썼을 뿐인데 뭐. 이 이야기는 아주 오래 뒤에 완성될 거야."

"그러면 파이팅 해야겠네."

나는 수첩을 책상 위에 놓았다. 그것에 손을 데인 느낌이었다.

"응!"

소설가는 보물이라도 되는 것처럼 그것을 집어 가슴에 안았다.

"하지만 뒤에 뭘 쓸지는 다 생각해놓았어. 마지막 문장도 진짜 좋아. 전에 갑자기 생각이 나더라고. 나는 이렇게 쓸 거야. '비극을 상연하는 극장은 결국 비극으로 끝난다'라고. 어때? 멋지지 않아?"

소설가는 책상 반대편에서 다시 그 말을 강조해 말했다.

"비극을 상연하는 극장은 결국 비극으로 끝난다."

확실히 그녀의 회심의 한 문장이었다. 그녀는 아래턱을 책상 위에 댄 채 눈을 위로 들어 나를 보며 그 말을 했다. 내가 잊어먹을까 봐 두려운 듯했다.

하지만 그것은 매우 오래된 일이고 뒤이어 너무나 많은 일이 일어났다. 여름방학이 끝난 뒤, 어머니의 결정으로 우리 집은 완푸가를 떠났으며 나와 소설가도 점차 멀어졌다. 모든 사건과 세부사항과 심지어 그녀의 용모까지 완푸가의 잡다한 소음에 묻히고 말았다. 그 은은한 연습곡이 그랬던 것처럼.

열흘 전까지는 쭉 그랬다.

열흘 전, 소설가는 융안시 제3교향악단 음악당 관람석에서 추락했다. 어느 유럽 지휘자의 지휘로 차이코프스키의 「비창」이 연주되었던 그날, 그녀는 많은 관람객이 퇴장하고 있을 때 갑자기 추락했고 장내에 놀란 비명소리가 울려 퍼졌다. 실족을 한 것인지, 아니면 누구에게 떠밀린 것인지는 밝힐 방법이 없었다. 관람석이 그리 높지 않았고 복도에 떨어지자마자 바로 병원에 실려가 응급조치를 받았지만 그녀는 열흘간 혼수상태로 있다가 숨이 끊어졌다.

기나긴 기다림 끝에 마침내 "비극을 상연하는 극장은 결국 비극으로 끝난다"는 그 말이 다시 내 눈에 띈 듯했다.

소설가는 책상 위에 넙죽 엎드려 턱으로 그 수첩을 누른 채 창으로 비치는 빛을 얼굴에 쬐며 내게 웃으며 말했다.

"이게 이 이야기의 마지막 문장이야. 괜찮지 않아?"

확실히 그랬다.

소설가의 죽음은 평화로운 융안시에 논란을 불러 일으켰고 이튿날 신문의 열면 화젯거리가 되었다. 그녀는 시민 신문의 별 볼 일 없는 연재 작가에서 일약 위대한 인민예술가가 되었다. 『융안일보』는 지면을 크게 할애해 그 비극을 보도했을 뿐만 아니라 소설가의 사진까지 실었다. 사진 속의 그녀는 여전히 긴 머리였고 베이지색 셔츠를 입고 있었으며 보기 드물게 단아한 용모였다. 그 허구적인 아름다움이 모르는 사람들의 슬픔을 더 부채질할 게 분명했다.

융안시 방송국의 제6채널에서 소설가의 어머니를, 그러니까 내 고모를 인터뷰하기도 했다. 화면 한가운데에 서 있는 그녀는 너무 울어서 사람의 몰골이 아니었다. 온통 산발한 모습은 차마 보고 있기가 힘들 정도였고 황갈색 반점이 유난히 두드러져 보였다. 우리 완푸가의 이웃들 전체가 그녀 뒤에 빽빽이 서서 외롭고 의지할 데 없는 그녀의 후원자 겸 배경이 돼주었다. 고모와 이웃들의 이야기 속에서 소설가는 더할 나위 없는 효녀가 되었으며 그들 모녀도 서로를 자기 목숨처럼 사랑하고 의지하며 살아가는 이들이 되어 방송국 기자를 깊이 감동시켰다. 소설가가 과거에 출판했던, 만 권도 안 팔린 각종 연애소설들은 재판을 찍을 기미가 보였다. 그리고 그녀가 시민 신문에 연재하고 있던 미완의 소설 『소리 악단』도 관심의 초점이 되었다. 일부 호사가들은 심지어 그 소설에서 그녀의 죽음에 관한 음모와 진실을 캐려 했다. 소문에 따르면 그 소설은 바로 융안시 제3교향악단을 창작의 모티브로 삼았다고 했다. 나중에 재수가 옴 붙은 그 교향 악단의 매니저가 울상을 하고 텔레비전에 출연해 그 사고에 관해 유감을 표시한 뒤, 음악당에 안전조치를 강화해 다시는 그런 비극이 일어나지 않게 하겠다고 다짐했다. 어쨌든 소설가는 자신의 죽음으로 인해 마침내 바라던 바를 이뤘고 언제나 꿈에도 되고 싶어 했던 그런 사람이 되었다.

"비극을 상연하는 극장은 결국 비극으로 끝난다." 사실 내게 이 말을 떠올리게 한 것은 그녀의 죽음이 아니라, 반년 전 어느 수요일에 여느 날처럼 버스로 45분이나 가야 하는 출근 길 때문에 사본 신문이었다. 신문을 훑다가 나는 문화면에서 소설가의 새 연재소설을 보았다. 제목은 '소리 악단'이었다.

소리악단
류룽룽劉蓉蓉

기억을 되찾은 호른 주자

"호른 소리를 들을 때마다 나는 그것이 내가 내는 것이 아니라 먼 곳의 안개 속에서 들려오는 것 같아."

기억을 되찾은 호른 주자는 눈을 가늘게 뜨고 있었다. 그는 아무도 보지 않았고 잠시 후 또 이런 말을 했다.

"상상이 가? 소리가 내 뒤의 어떤 깊은 계곡 속에서 안개처럼 뭉게 뭉게 피어나 무대 전체를 감싸 안는 것 같다고."

그는 두 손으로 부둥켜안는 시늉을 했다.

소설의 서두는 이랬다.

나는 깜짝 놀랐다. 작품 이름만 보았는데도 완푸가의 소리가 윙윙 거리며 귓가로 몰려들었다. 내가 그곳을 떠나기 전의 모든 기억 속에서 룽룽과 내가 방과 후 집에 돌아올 때 멀리 보이던, 대지 위에 잠복한 이 도시의 풍경이, 어머니들이 야채를 볶던 냄새가, 그녀가 엎드린 채 내게 해주던 말들이, 그리고 그녀가 얼마 전에 지었다고 자랑스럽게 뽐냈던 그 문장이 떠올랐다.

떠오르자마자 그 문장은 바로 거기에 툭하고 떨어졌다. 마치 내가 한 번도 그것을 잊어본 적이 없는 것처럼.

오전 업무가 끝나기 전, 나는 그녀가 아직 휴대폰 번호를 바꾸지 않았기를 기도하며 문자를 보냈다.

"너의 새 소설을 보았어."

하지만 그녀는 답장이 없었다.

그날 정오, 나는 토마토소고기덮밥을 먹고 출판미디어빌딩 옆의 좁은 길을 두 차례 오락가락하다가 건물로 올라갔다. 엘리베이터 안에서 갑자기 전화벨이 울렸다. 그녀의 전화번호였다. 전화를 받았지만 신호가 안 좋아서 아무 소리도 안 들렸다. 나는 가장 가까운 층을 눌러야 했고 엘리베이터에서 내리자마자 여러 번 여보세요, 소리를 반복했다. 결국 그녀가 나를 부르는 소리가 들렸다.

"언니? 언니야?"

"응, 나야!"

나는 말했다.

"아유, 어디 있는데 신호가 그렇게 안 좋은 거야?"

룽룽은 친숙한 어조로 입을 열었다. 전혀 나와 몇 달이나 전화 한

통 하지 않은 사람 같지 않았다.

"응, 직장에 있어."

"언니, 취직했어?"

그녀가 믿기지 않는다는 듯이 물었다.

"응, 작년에 졸업했거든."

"아, 결국 졸업했구나. 난 언니가 계속 공부할 줄 알았거든."

그녀가 과장된 어조로 말했다. 말을 하며 계속 기침을 했다.

"괜찮아? 감기 걸렸어?"

내가 물었다.

"아니야, 아니야."

그녀가 물을 찾아 마시는 소리가 들렸다.

"방금 일어나서 목이 잠겨서 그래."

"그렇구나. 내가 보낸 문자 봤어?"

나는 조심스레 그녀에게 물었다.

"응, 봤어."

그녀가 오히려 아무렇지도 않게 말했다.

"너 요즘에, 무슨 일 있어?"

"별일 없는데."

그녀가 유쾌한 어조로 말했다.

언제부터인가 룽룽에게는 얼렁뚱땅 넘어가는 버릇이 생겼다. 고모의 지나친 히스테리가 그녀에게 반면교사가 되었는지도 몰랐다. 옛날에 그녀는 학교만 끝나면 우리 집으로 달려왔고 또 줄줄이 편지를 써서 내게 주곤 했다. 하지만 그런 나날은 이미 지나가버렸다.

"알았어."

나는 무슨 말을 더 해야 할지 몰랐다.

"아, 내가 쓴 그 소설을 읽었다고 했지?"

그런데 그녀가 먼저 그 얘기를 꺼냈다.

"맞아. 그래서 네가 조금 걱정이 됐어."

"걱정할 필요 없어. 무슨 나쁜 일도 아니니까. 나는 요즘 연애를 해서 기분이 아주 좋아. 소설을 다 읽고 나면 알게 될 거야."

그녀가 깔깔 웃었다.

그녀는 확실히 그렇게 말했다. "소설을 다 읽고 나면 알게 될 거야"라고.

우리는 전화를 끊었고 나는 사층의 사무실로 돌아가 자리에 앉아서 신문에 실린 소설의 첫 번째 챕터를 다 읽었다. 첫 번째 챕터의 주요 등장인물은 '나'와 지휘자와 호른 주자였다. 간단히 말해 '나'와 지휘자는 교향악단을 조직하려 했으며 호른 주자는 그 교향악단의 응모자였다. 물론 소설은 도시 북쪽의 쓰레기처리장에서 울부짖는 그 괴수에 관해서도 언급했다. 그 괴수는 일찍이 최초의 『소리 악단』이야기에 출현해 내게 깊은 인상을 남겼었다. 그런데 지금 소설의 첫머리에서는 침묵에 빠져 있었다.

"괴수의 소리가 사라졌는데도 별 문제는 없는 듯했다."

류룽룽은 이렇게 썼다.

그런데 얼마 후 어찌된 일인지 도시의 클래식 음악 종사자들이 줄줄이 직업을 잃었고 커피숍에서도 음악이 흘러나오지 않았다. 그래서 지휘자가 나타나 선포하길, 새로 악단을 조직해 말러의 교향곡 제2번을 연주하면 다시 괴수의 울음소리를 불러올 수 있다고 했다.

'나'는 지휘자의 그 황당한 말을 믿었을 뿐만 아니라 그를 도와 연주자를 모집하기 시작했다. 그 괴수에 대한 도시 사람들의 기억은 각기 달랐다. '나'의 기억은 어땠느냐 하면, "괴수가 울음을 멈춘 지 얼마 안 돼 아버지가 죽었는데, 퇴근길에 트럭에 치여 몸이 178미터 바깥으로 날아가 땅에 처박혔고 그 구체적인 시간은 저녁 7시 20분이었다."

어릴 때와 비교해 글의 흐름이 더 자연스러워지고 결국 정상적으로 연애와 원 나잇 스탠드를 묘사하게 된 것 말고는 룽룽은 크게 변한 것이 없었다. 또한 나는 이야기 속에서 그녀의 삶의 흔적을 분명히 가려낼 수 있었다. 그녀는 또 돌고래 주점을 등장시켰다. 지휘자는 돌고래 주점에서 매번 낯선 연주자들의 면접을 보았다. 그리고 '나'는 마지막에 호른 주자와 동침을 했다.

나는 뚫어져라 신문을 응시하고 있었다. 마치 그러고 있으면 그녀가 왜 그렇게 썼는지 알 수 있기라도 한 것처럼. 혹은 왜 그랬는지는 몰라도 더는 기억을 떠올리고 싶지 않아 그랬을 뿐이었다. 하지만 룽룽은 '기억을 되찾은 호른 주자'라고 분명히 밝혔고 그것은 매우 잘한 일이었다. 그날 나는 그 소설을 꼬박 세 번이나 읽었다. 그 이야기는 다른 사람에게는 그저 신문에 실린 평범한 연애소설의 서두에 불과했지만 내게는 아니었다. 룽룽이 최후의 승부를 걸었다는 신호였다. 대체 무슨 일 때문에 그녀는 그렇게 모든 것을 무릅쓰고 자신을 고스란히 게워내려는 걸까.

하지만 그녀 본인은 독자의 추측을 부인했다.

그 전에 룽룽이 막 한두 권의 책을 출판했을 때 나는 그녀에게 물어본 적이 있었다.

"네 소설에는 왜 늘 그 돌고래 주점이 나오는 거야?"

당시 그녀는 내 방에 들러 침대 가장자리에 앉은 채 거울을 보며 새로 산 루즈를 바르고 있었다. 거울을 내려놓고 놀란 표정으로 그녀가 연기를 하듯 내게 반문했다.

"돌고래 주점이 없으면 어떻게 살아?"

그런 식의 표현은 당시 그녀의 말버릇이었다. 그해에 그녀는 드디어 고모에게서 독립해 자기 원고료로 단칸방을 얻었다. 비록 누추하고 아래위에 사는 사람들도 내 눈에 수상쩍어 보이기는 했지만, 그녀는 매일 신이 나서 걸핏하면 "루즈가 없으면 어떻게 살지?" "바닐라아이스크림이 없으면 어떻게 살지?" "톈메이天美백화점이 없으면 어떻게 살지?"라고 말하곤 했다. 어느 날인가는 또 "언니, 언니가 없으면 나는 어떻게 살지?"라고 말했다.

그녀는 그런 말을 하는 것을 좋아했다. 그런 말을 안 하면 우리 사이의 모든 감정은 전혀 존재하지도 않는다는 것처럼. 때로는 목마른 사람처럼 내게 전화를 걸어와 "언니, 보고 싶어, 보고 싶어, 보고 싶어"라고 읊고는 흥이 오르면 또 "언니, 언니가 없으면 나는 어떻게 살지?"라고 덧붙여 말했다.

물론 실제로는 결코 그렇지 않았다. 우리는 심하게 말다툼을 한 뒤 사이가 소원해지곤 했다. 하지만 룽룽은 크게 개의치 않았다. 한바탕 폭식을 하고 나면 다시 나아질 것이라는 식이었다.

어머니와의 전화를 통해 나는 룽룽의 죽음이 고모에게 치명적인 타격을 주었음을 알았다. 그녀는 오후 내내 울었고 위로하러 온 사람들마다 붙잡고 자신이 오랜 세월 얼마나 말 못할 고생과 슬픔을 겪었는지 하소연을 했다.

"사람을 얼마나 성가시게 하는지 몰라."

어머니는 원망의 말을 했다. 어머니는 고모가 사람들을 성가시게 한다고 말했다. 친척들조차 그러는데 이 큰 융안시의 어느 누가 실제로 남의 일에 관심을 갖겠는가? 룽룽의 추락 사고는 시민 신문의 우스꽝스러운 반향을 불러일으켰을 뿐이었다. 나는 그 신문을 손에 쥐고 오며가며 그녀에 관한 보도를 보면서 낯선 이들이 그것을 보고 무엇을 느낄지 가늠해보았다.

보도에서 죽은 소설가는 천부적인 재능의 소유자로 둔갑해 사람들의 안타까움을 샀다. 평론가들은 그녀의 소설이 대단히 우수하다고 찬양했으며 시민 신문 편집자는 그녀가 성격이 겸손하고 일에 대한 열의가 대단했다고 말했다. 우리 출판사 편집부의 인⺿ 주임도 마찬가지였다.

룽룽의 사고 뉴스가 신문에 실리고 그 이튿날, 인 주임이 똑바로 내 자리로 걸어와 발을 멈추더니 아무 거리낌 없이 말했다.

"양판楊帆, 『소리 악단』의 기획이 통과됐으니까 후속 업무를 하도록 해."

나는 눈이 휘둥그레져 말문이 막혔다. 보름 전 바로 이 자리에서 인 주임은 내 기획서를 반려하며, "양판, 우리는 고상한 문학을 하는 사람들이야. 어떻게 이런 품위 없는 작품을 내자는 거지? 듣자하니 작가가 친척이라면서? 그래도 이러면 안 되지"라고 준엄하게 나를 꾸짖었다.

내 표정이 심상치 않은 것을 알았는지 인 주임은 강조해 말했다.

"저우周 사장님도 이 책을 중요하게 생각하시니까 신경을 좀 써줘. 나를 믿으라고. 이 책은 틀림없이 아주 잘 될 거야."

나는 가까스로 입을 열었다.

"하지만 저작권이……"

"이런!"

인 주임이 놀라서 나를 보며 말했다.

"아직 저작권 얘기를 안 한 거야? 그러면 골치 아픈데…… 이렇게 하자고. 어서 연락을 좀 해봐. 어쨌든 작가가 자네 사촌동생이잖아. 친척끼리 얘기하면 그래도 쉽지 않겠어? 조건은 보통보다 조금 높게 해줄 수 있긴 하지만 가능한 한 낮춰보라고."

내가 뭐라고 답하기도 전에 그는 즉각 명령을 내렸다.

"쇠뿔도 단김에 빼랬다고 오늘 오후에 처리해. 우리 회사는 이 책을 여름시장에 맞춰 내보내는 게 좋으니까."

인 주임은 오 분 만에 나를 사무실에서 내쫓으며 당일 저녁에 전화로 결과를 보고하라고 했다. 그의 표정을 보고서 나는 우리가 희대의 걸작이라도 취급하고 있는 듯한 기분이 들었다.

룽룽 본인은 이미 이 세상 사람이 아니므로 나는 어쩔 수 없이 그녀의 유일한 가족을 찾아가 이 일을 의논해야 했다.

가는 길에 나는 고모에게 어떻게 이야기를 꺼내야할지 고민에 빠졌다. 룽룽의 시신에서 채 온기가 가시기도 전인 지금, 텔레비전에서 본 고모의 미친 듯한 모습이 눈앞에 떠올랐고 어머니의 원망하는 목소리도 귓가에 메아리쳤다. 나는 애써 심호흡을 해야만 했다.

먼저 고모에게 전화를 하기로 했다.

전화벨이 열 번이 훨씬 넘게 울리고 나서야 그녀는 전화를 받았다.

"여보세요."

그녀의 목소리는 조금 쉬어 있었다.

"고모."

나는 잠깐 멈췄다가 다시 말했다.

"저예요."

"누군데?"

고모는 미심쩍은 어조로 물었다. 나는 상당히 오래 그녀에게 전화를 안 걸었다는 사실이 생각났다.

"양판이에요."

"아, 양판이로구나! 미안해, 내가 좀 어지러워서. 그런데 오늘 오려고?"

고모는 기대하는 말투로 내게 물었다.

"오늘 짬이 좀 나서요. 지금 뵈러 가고 있어요."

감사하게도 일이 순조롭게 돌아갔다.

"그러면 좋지. 기다릴게. 역시 너는 생각이 깊구나."

고모의 목소리가 갑자기 이상해졌다. 나는 그녀가 곧 울 것이라는 것을 알았다.

"금방 도착해요. 끊을게요."

나는 그녀가 발작하기 전에 전화를 끊었다.

융안시는 나날이 발전하고 있었지만 완푸가는 기본적으로 전혀 변한 것이 없었다. 하지만 이제 마침내 변화가 생겼다. 고모가 사는 아파트 단지에 도착했을 때 나는 문 앞의 오동나무가 사라진 것을 발견했다.

문에 들어서자 아파트 마당 한가운데에 룽룽의 영정이 놓인 천막이 있고 각양각색의 화환이 여기저기 놓여 있었다. 지전을 태우는 냄새가 너무 매워 눈물이 날 것 같았다.

고모는 천막 안에 앉아 있었다. 오후 시간이어서인지 조문객은 거의 없었다. 그녀는 자고 있는 것처럼 고개를 푹 숙이고 있었다.

나는 천막에 들어가 그녀를 불렀다.

"고모."

그녀는 꿈에서 깬 듯 벌떡 일어나 나를 꽉 붙잡고 소리쳤다.

"룽룽아! 룽룽아!"

"고모!"

나도 그녀에게 소리쳤다. 그녀는 그제야 나를 알아보고 풀썩 주저 앉으며 말했다.

"너로구나."

나는 핸드백을 내려놓고 먼저 룽룽의 영전에 향을 살랐다. 오래 못 만나기는 했지만 영정 사진 속 그녀의 얼굴이 너무 낯설었다. 이틀 전 병원 중환자실에서 그녀가 마지막 숨을 내쉬는 것을 똑똑히 보기는 했지만, 공들여 화장한 그 사진 속 얼굴과 비교하면 죽기 전 그녀의 얼굴은 전혀 다른 여자의 것이었다.

합장을 하고 꿇어앉으니 머릿속이 온통 하얘졌다. 고모는 내 등 뒤 에서 코를 훌쩍이고 있었다.

일어났을 때 나는 뭔가를 발견하고 깜짝 놀랐다. 그녀의 영정이 어 릴 적 우리가 숙제를 하던 그 책상 위에 놓여 있었다. 아니, 어쩌면 아 닐 수도 있었다. 그냥 평범한 책상인데 룽룽의 형상이 위에 놓인 탓에 우리가 어릴 적 쓰던 그 책상이 돼버린 것일 수도 있었다.

내가 놀라서 뒤로 한 발자국 물러서자 고모가 얼른 나를 부축했다.

"양판, 괜찮니?"

겨우 며칠을 못 봤을 뿐인데도 고모는 갑자기 피부가 늘어지고 황 갈색 반점이 늘었으며 또 몰라보게 수척해져 있었다. 그녀의 이마에

땀방울이 송골송골 맺혀 있었다. 전에 그녀는 자기 용모가 늙은 것이 전부 룽룽과 고모부 때문이라고 말한 적이 있었다.

"내 인생은 너희 두 사람 때문에 망했어!"

그녀는 그렇게 힘주어 욕을 했다.

이제는 그럴 힘도 사라져서 그녀는 바들바들 떨며 나를 붙잡고 말했다.

"방금 꿈에서 룽룽을 보았단다. 그런데 아주 어렸어. 아기가 비누거품을 부는 그 스웨터를 입고 있었어."

우리의 대화는 그렇게 두서없이 이어졌다. 나는 진작 까먹은 그 스웨터부터 여러 친척의 자질구레한 일들까지 튀어나왔다. 그녀는 내가 본 적도 없는 할아버지와 할머니, 아버지에 관해 말했고 드물게 어머니 이야기도 했다. 사실 우리가 이야기한 일들은 매우 적었다. 우리 집이 아직 완푸가를 떠나기 전의 몇 가지에 불과했다. 하지만 고모는 거기에서 줄줄이 무수한 이야기를 엮어내는 재주가 있었다. 잠시도 말을 멈추지 않아 나는 아예 끼어들 틈이 없었다.

나는 기회를 엿보다가 겨우 적당한 시점에 내가 말하려던 일 쪽으로 화제를 돌렸다. 모든 것이 순조로웠고 고모는 흔쾌히 내 모든 요구를 들어주었다. 그리고 룽룽이 살던 집의 열쇠를 건네며 원하는 것을 다 챙겨가라고 했다. 우리는 또 잠시 인사말을 나누었는데 다섯 시 십오 분이 되자 고모는 자명종처럼 일어나 말했다.

"약 먹으러 가야 해."

고모는 혈당이 높아진 지 이미 여러 해여서 매일 정해진 시간에 약을 먹어야 했다.

"일 분이라도 늦으면 일찍 돌아가실 걸."

언젠가 룽룽은 내 앞에서 그렇게 그녀를 비웃었다.

"가볼게요."

나는 고모에게 말했다.

"그래, 두칠일頭七日●에 꼭 와야 한다."

고모는 고개를 돌리고 내게 손을 흔들고는 아파트 입구로 들어가 금세 어둠 속으로 사라졌다.

고모를 설득할 방법을 백 가지도 넘게 생각했건만 실제 과정은 너무나 간단했다. 나는 그녀에게 이렇게 말했을 뿐이었다.

"룽룽의 요즘 그 소설은 얼마 전에 우리 출판사와 계약이 됐어요. 아직 다 못 쓴 게 아니에요. 다만 걔가 다 써놓고 안 실은 부분이 없는지 가서 좀 찾아보고 싶어요."

인 주임처럼 나도 거짓말을 지어냈다. 하지만 조금 다른 점이 있다면 내 거짓말은 완전히 허위는 아니라는 것이었다. 연재가 반쯤 진행되었을 때 나는 정말로 룽룽에게 전화를 걸어 『소리 악단』을 출판하고 싶다고 했다.

그녀는 선뜻 그렇게 하겠다고 했다. 어쨌든 그녀는 거물급 작가는 아니었고 또 이런 말도 했다.

"언니가 내 책을 만들어주면 나야 안심이 되지."

전화상으로 우리는 다시 약속을 잡았다. 내 기획이 통과되면 구체적으로 계약 조건을 논의하기로 했다.

하지만 그 전과 마찬가지로 이번에도 일은 성사되지 않았다.

완푸가를 벗어났을 때는 이미 늦은 시각이었다. 이럴 때마다 그곳

● 죽은 자의 영혼이 사후 일주일째에 집에 돌아오므로 유족이 제사 음식을 마련해놓는 장례 풍속

융안시 북쪽은 항상 분위기가 을씨년스러웠다. 아주 오래 전부터 그곳은 외지 사람들이 마구 몰려와 살던 곳이었는데 이제야 개발이 되기 시작했다. 그런데 또 개발 때문에 거리가 마구 파헤쳐지고 여기저기 공사 천막이 난립해서 더더욱 세계의 마지막 날 같았다.

나는 길목에서 길을 잃었다. 그래서 달려오는 택시를 지체 없이 잡아탄 뒤, 구사일생으로 독가스 살포 지역을 벗어난 사람처럼 쾅, 하고 문을 닫고 창문을 올렸다. 내가 어린 시절을 보낸 그 거리는 이미 늙어서 택시의 속도를 따라오지 못하고 순식간에 내 뒤로 처지고 말았다.

등에 좌석이 느껴지는 순간, 나는 내가 룽룽으로 변하는 느낌이 들었다. 어쨌든 그 거리에서 살던 나날, 우리는 떼려야 뗄 수 없는 사이였다. 나는 그녀였고 그녀는 나였다. 한때 우리가 그곳에서 등하교를 하던 기억과, 동전을 꽉 쥐고 말린 과일을 사러 가던 기억과, 길가에 쪼그리고 앉아 융안시에 처음 생긴 빨간 택시를 구경하던 기억과, 돈 많은 사람들을 부러워하던 기억과, 어떻게든 빨리 그곳을 떠나고 싶어 했던 기억이 나를 혼미하게 했다. 도대체 어느 것이 내가 겪은 일이고 또 어느 것이 그녀가 겪은 일인지 분간하기 어려웠다. 택시가 싱푸幸福대로로 접어들고 나서야 나는 깨달았다. 뜻밖에도 내가 기사에게 그녀의 집 주소를 댔다는 것을.

하지만 상관없었다. 어차피 나도 지금 정확히 어디로 가야 하는지 알지 못했다.

룽룽은 윈징雲景빌딩 17층에 살았다. 며칠 전 그녀가 입원했을 때 옷가지를 챙겨 갖다주기 위해 나는 고모와 함께 그곳에 급히 들렀었다.

이제 유심히 살필 수 있게 되어 나는 비로소 그곳이 상당히 문제가 많은 곳이라는 사실을 깨달았다. 복도에는 정체불명의 오물이 묻어 있고 복도 끝의 비상구는 미처 처리 못한 쓰레기 더미로 막혀 있었으며 엘리베이터 입구에서 엘리베이터가 내려오기를 기다릴 때는 몸에서 악취가 나는 외지 남자가 옆에 서서 한동안 등골을 오싹하게 만들었다.

그 남자는 뜻밖에도 나와 함께 엘리베이터를 타지는 않았다. 나는 얼른 17층을 눌렀고 그 다음에는 혼자 엘리베이터 안에서 룽룽의 집에 관한 기억을 떠올렸다. 며칠 전에는 너무 경황이 없어 별로 기억이 없었다. 그저 방 안이 매우 어지러웠고 창문이 활짝 열려 문을 열자마자 품안 가득 바람이 밀려들었던 것만 생각났다.

어쨌든 아직 삼월이었으므로 나는 머리를 움츠린 채 차가운 바람을 맞을 준비를 하고 문을 열었다. 그런데 놀랍게도 실내는 깔끔하고 따뜻했으며 모든 물건이 정연하게 정리가 돼 있었다. 마치 며칠 전의 기억은 당시 내 심정의 반영에 불과한 듯했다. 더구나 침실에는 불이 켜져 있었다. 그뿐만 아니라 누군가의 잠긴 목소리가 들려왔다. 흐느끼고 있는 듯했다.

그것은 그 빌딩의 으스스한 분위기와 딱 어울려서 나는 소름이 쫙 끼쳤다. 동시에 안에 있던 사람도 놀랐는지 벌떡 일어나 소리쳤다.

"누구세요?"

젊은 남자의 목소리였다. 힘이 있고 조금 쉬어 있었다.

내가 누구냐고? 뭐라고 대답해야 할지 몰랐다. 당황한 와중에 나는 어쩔 수 없이 말했다.

"나예요."

그 고약한 말 습관은 룽룽의 전매특허였다. 아주 오랫동안 전화를 걸 때든 노크를 할 때든, 아니면 친한 사람에게든 낯선 사람에게든, 다른 사람이 누구냐고 물으면 그녀는 모두 "나예요"라고 답했다. 다시 물어도 똑같은 말만 했다. 그야말로 고집스럽기 그지없었다. 언젠가 내가 "네가 누구인지 남이 어떻게 아니?"라고 꾸짖자, 그녀는 예상했던 대로 다른 진지한 물음에 답할 때와 마찬가지로 건성으로 "아우, 나는 나잖아"라고 말했다.

사실 일 초도 안 되는 시간에 나는 문가에 서서 그 일들을 떠올렸다. 그때 안에 있던 사람이 튀어나와 내 손을 꽉 붙잡고 소리쳤다.

"룽룽!"

고모처럼 그도 결국 내가 룽룽이 아닌 것을 깨닫고 얼른 내 손을 놓고는 난처한 눈빛으로 말했다.

"누구시죠?"

당연히 나는 그녀처럼 그에게 "나는 나예요"라고 답하지 못했다.

"저는 그 애 언니예요."

그는 아래위로 나를 훑어보다가 이제 알겠다는 표정으로 말했다.

"아, 룽룽한테 당신 얘기를 들은 적이 있어요. 안녕하세요, 저는 룽룽의 남자친구예요."

나는 계속 침묵을 지켰다. 그는 그제야 자기소개가 부족하다는 것을 깨닫고 덧붙여 말했다.

"저우윈타오周雲濤라고 합니다."

"안녕하세요."

나는 마침내 입을 열고서 마음속으로 '저우윈타오'라고 그의 이름을 따라했다.

"안녕하세요."

그는 말했다.

"그게, 저는, 물건을 가지러 왔습니다."

"아, 그렇군요. 저도 물건을 가지러 왔어요."

"그, 그러면 가져가세요. 저는 먼저 가볼게요."

그는 키가 큰 청년이었고 체격도 건강해서 룽룽이 좋아할 타입으로 보였다. 그러나 지금은 얼굴이 매우 초췌하고 두 눈이 충혈되어 있었다.

그의 반응 때문에 나는 절도범이 된 듯한 기분이 들어 서둘러 말했다.

"괜찮아요. 저는 괜찮으니까 계속 있으셔도 돼요. 제가 먼저 가볼게요."

돌아서서 가려고 하는데 그가 나를 만류하며 말했다.

"괜찮아요. 저 혼자 있어도 괴로우니까 앉아 있다 가세요."

그의 표정은 여전히 가엾기 그지없었다. 그래서 나는 의자에 앉았고 그는 마치 자기가 주인인 양 나를 대접하러 부엌에 들어갔다.

저우원타오는 뜻밖에도 오렌지주스 한 잔을 내게 가져다주었으며 자기도 한 잔을 따른 뒤 다른 일인용 소파에 앉아 한 모금 마시고 조용히 있었다.

나는 뭔가 할 말을 찾아 침묵을 깨려 했다. 보통 처음으로 사촌 여동생의 남자친구를 만나면 물어볼 말이 많을 것이다. "둘이 얼마나 오래 사귀었죠?" "어떻게 알게 됐어요?" 등등. 친척으로서 당부도 한 마디 덧붙일 수 있을 것이다. 예를 들어 "걔는 성질이 안 좋으니 좀 너그럽게 봐주세요"라고 말이다.

하지만 지금 그런 말들은 죄다 시의적절하지 않았다. 나는 잠시 어쩔 줄을 모르다가 아무렇게나 질문을 던졌다.

"뭐하시는 분이죠?"

그는 잠깐 멍하니 있다가 뒤늦게 내 질문을 의식하고 답했다.

"시립 제3교향악단에서 일합니다."

신문에서 룽룽의 새 연재소설을 발견했을 때처럼 나는 귀가 윙윙 울렸다. 그는 계속 자기를 소개했다.

"저는 호른 주자입니다."

나는 웃음을 터뜨렸다.

그는 내가 왜 웃는지 의아해했다.

"왜 그러시죠?"

"아니에요, 아니에요."

그가 나를 관찰하게 내버려두며 나는 고개를 흔들어 억지로 웃음을 참았다.

그는 내가 왜 웃는지 알 수 있는 방도가 없었다. 아마도 내가 슬픔이 지나쳐서 그런다고 생각했을 것이다. 하지만 결코 그렇지 않았다. 내가 웃은 것은 룽룽이 꼭 미련한 햄스터처럼 모든 진실을 허구의 문학작품 속에 집어넣었고, 그래서 내가 '기억을 되찾은 호른 주자'에서 한 가닥 위로를 찾을 수 있게 해주었기 때문이었다. 그녀가 묘사한 그 호른 주자는, '나'와 하룻밤 사랑을 나누고 '나'와 비슷하게 생긴 옛 연인을 찾아 헤매는 그 호른 주자는 알고 보니 그녀의 남자친구였던 것이다.

"전에는 머리가 길지 않았나요?"

나는 탐문하듯 물었다.

"맞아요. 그걸 어떻게 아시죠?"

그는 조금 놀라며 물었다.

나는 결국 소리 내어 웃었다. 그는 룽룽의 소설을 못 봤을지도 몰랐다. 아니면 좋아하지 않거나 시간이 없었을 수도 있었다. 그래서 그녀가 그렇게 미욱스러면서도 단정하게 그 자신을, 용모와 직업과 신분과 그들 사이에 일어났거나 일어날지 모르는 일까지 빠짐없이 신문에 옮겨놓은 것을 볼 기회를 잃었다. 나는 소설 속 호른 주자의 이미지에 관한 묘사를 떠올려보고서 둘이 완전히 똑같은 사람이라는 것을 확인했다.

나는 웃음을 그칠 수 없었다. 웃음소리는 마치 스스로 생명력이 있는 것처럼 내 허약한 신체에서 튀어나와 그 집의 공간을 꽉 채웠다.

"왜 웃는 거죠?"

원타오가 물었다. 조금 화가 난 목소리였다.

나는 얼른 웃음을 억누르고 정색을 하며 말했다.

"룽룽의 어릴 적 일이 생각나서 그랬어요."

"네? 무슨 일인데요?"

나는 그의 주의를 돌려놓는 데 성공했다.

그래서 나는 어쩔 수 없이 그녀의 어릴 적 일을 그에게 얘기해줘야 했다. 머리를 쥐어짜 적당한 사건을 골라서 방금 전 내 추태를 설명하려 했다.

나는 그에게 어느 작문 시험에서 룽룽이 시간이 없어 규칙대로 글을 쓰지 못하고 「사랑해요, 장張 선생님」이라는 제목의 아부성 글을 써낸 일을 이야기해주었다. 막 사범학교를 졸업한 그 여교사는 자신을 하늘 높이 추어올려준 그녀의 글 솜씨에 감동한 나머지 반 학생들 앞에서 그 글을 읽어주었다. 그래서 그녀는 위기를 모면했을 뿐만 아니라 그때부터 작문 일등의 영예를 얻었다.

그 이야기를 나는 꽤 여러 번 사람들에게 이야기해준 적이 있었다. 그때는 그녀가 막 몇 편의 소설을 발표했을 때였으며 나는 그것들을 주변 사람들에게 다 읽히고 그 이야기를 해주면서 그녀가 천생 이야기꾼이 틀림없다고 말했다. 그래서 그 이야기의 기승전결과 디테일한 묘사까지 능수능란하게 말해줄 수 있었으므로 윈타오는 웃겨서 크게 소리 내어 웃었다.

우리 두 사람은 함께 한참을 웃었다. 거실 안이 다시 조용해지자 그가 말했다.

"룽룽은 이 세상 어떤 사람과도 달랐어요."

그는 그렇게 그녀를 찬미했다. 죽음으로 인해, 나의 그 변덕스럽고 색다른 것을 좋아하며 무차별로 사람들과 반목하던 사촌 여동생은 무수한 칭찬을 들었다.

그녀의 죽음으로 인해 우리는 모두 어쩔 수 없이 그녀를 그리워하며 우리의 기억을 정리하게 되었다. 혹은 그녀를 그리워하는 시늉을 하면서 그녀와 얼마나 오래전에 멀어졌는지, 마지막에 만났을 때 또 얼마나 심하게 싸우고 상대방을 혹독하게 저주했으며 평생 안 보겠다고 씩씩대며 맹세했는지 잊은 척했다.

하지만 그 사건들은 결국 지나가고 추억이 되어 색과 감정을 잃었다. 죽음이라는 키는 나쁜 불순물을 걸러내고 좋은 것만 떨어뜨려 마치 그것만이 우리를 구성하고 있는 요소인 것처럼 착각하게 만들었다.

"그건 과거에게 들려주는 소리지."

『소리 악단』의 첫 번째 챕터에서 지휘자는 그렇게 표현했다.

우리의 대화는 유쾌하게 흘러갔다. 주제는 당연히 룽룽이었으며 내용은 모두 즐거운 일들이었다. 원타오는 자주 웃음을 터뜨렸는데 나는 웃을 때 그가 대단히 쾌활해 보이고 남다른 매력이 있다는 것을 깨달았다. 오렌지주스를 다 마시자 그는 또 부엌에서 초콜릿쿠키를 찾아서 가져왔다. 대화가 언제 끝날지 모르는 와중에 그의 전화가 울렸다.

나는 어떤 여자의 목소리를 들었다. 원타오는 일어나서 부엌에 들어가 전화를 받았고 목소리를 낮춰 이야기했다. 하지만 나는 그가 여러 번 응, 응, 하더니 "금방 갈게"라고 말하는 것을 들었다.

부엌에서 나왔을 때 그는 금방 낯선 남자에게 한방 맞기라도 한 듯한 모습이었다.

그는 표정을 가다듬고 내게 말했다.

"그러면 이만 가볼게요. 볼일 보고 가세요, 누님."

나는 그를 배웅했다. 집안이 갑자기 썰렁해지는 바람에 잠시 멍하니 앉아 있다가 시디플레이어를 켰다. 그것은 룽룽이 고등학교에 다닐 때 우리 어머니가 선물해준 미니콤포넌트였다. 어머니는 룽룽이 음악을 틀 수 있는 물건을 줄곧 갖고 싶어 했다는 얘기를 내게서 듣고 바로 그것을 사서 선물했다. 룽룽은 너무 기뻐서 어머니를 껴안고 뽀뽀를 했지만 고모는 무표정한 얼굴로 두 사람을 보다가 문을 쾅 닫고 나가버렸다. 우리는 낡은 고모네 집의 휑한 방 안에 선 채 어리둥절해서 서로 바라만 보고 있었다. 어머니는 조금 난처했던지 잠시 할 말을 잃었다. 그런데 룽룽이 갑자기 환하게 웃으며 어머니에게 말했다.

"숙모, 이제 해방이야! 엄마가 드디어 갔어!"

돌아오는 길에 어머니와 나는 룽룽의 그 말에 대해 느끼는 바가 많았다. 그래서 그 일은 내 기억 속에 깊이 새겨졌고 그 미니콤포넌트도 지금까지 잊히지 않았다.

시디가 돌면서 흘러나온 음악은 뜻밖에도 격하고 음산한 교향곡이었다. 나는 깜짝 놀라 정지 버튼을 누르고 시디를 꺼내 들여다보았다. 말러의 교향곡 제2번이었다.

그것도 룽룽이 자기 소설에서 언급한 적 있었다. 지휘자가 괴수를 깨우려 한 곡이 바로 말러의 교향곡 제2번 '부활'이었다.

소설에서 지휘자는 그 곡을 연주하기만 하면 괴수가 다시 울기 시작할 것이라고 믿었다. 소설의 세계에서는 그렇게 비논리적인 이론도 당연하게 받아들여지고 인정을 받는다. 소설은 소설이어서 소설가는 그 안에서 자기가 하고 싶은 대로 다 할 수 있다. 그녀는 "말러의 교향곡 제2번을 연주하면 괴수가 다시 울기 시작할 것이다"라고 말했다. 그래서 정말 그렇게 되었다.

하지만 현실세계에서는 확실히 그렇지 않았다. 룽룽이 죽은 뒤 내가 그녀의 방에서 그 웅혼한 음악을 틀기는 했지만 괴수는 다시 울부짖을 리 없었다. 융안시에서 사라진 모든 것도 다시 돌아올 리 없었다.

나는 시디를 경쾌한 유행가로 바꿔 끼우고 무작정 그녀의 방을 뒤지기 시작했다. 사람이 죽으면 프라이버시권이라는 것은 없는 법이어서 룽룽은 나체로 중환자실에서 죽었고 그녀에게 수의를 입혀주던 간병인들은, 그녀에게 브래지어를 입혀달라는 내 요구를 묵살했다.

나는 방을 뒤지면서 룽룽의 괴벽을 탓하지 않을 수 없었다. 그렇게 오랜 세월 그녀는, 교정과 보존을 위해 소설을 컴퓨터에 입력하는 보통 작가들과 달리 원고지 사용을 고집했다. 처음에는 원고지를 묶인 채로 쓰다가 나중에는 한 장 한 장 뜯어 여기저기 늘어놓는 바람에 사방이 다 원고지 천지가 되었다. 과거에 아주 여러 차례 그녀는 글을 다 쓰고서 자고 일어났다가 전날 적은 원고지를 잃어버리는 바람에 엉엉 울며 내게 전화를 걸어 빨리 와서 같이 찾아달라고 했다. 그때 마다 그녀는 후회하면서 "언니, 내일 당장 컴퓨터를 사러갈 거야"라고 말하곤 했다. 하지만 다른 수많은 약속과 마찬가지로 말하는 즉시 까먹어버렸다. 그녀는 가장 많이, 그리고 격렬하게 언어를 사용하는 사람이었지만 감탄사와 마침표와 물음표로 가득한 그 언어는 이미 그녀에게 효용을 잃고 흘러간 물이 돼버렸다. 그것은 그녀의 몸을 스쳐 지나가버렸고 심지어 어떠한 흔적도 남기지 않았다.

나는 고대의 도굴꾼처럼 죽은 사람에 대한 두려움 같은 것은 없었지만 끝내 『소리 악단』과 관련된 원고는 찾지 못했다. 다탁 밑 서랍에서 피우다 만 담배 반 가치와 라이터 다섯 개 그리고 못 다 마신 위장약 일곱 병을 발견했을 뿐이다. 그러다가 핸드백에서 울리는 전화벨 소리에 동작을 멈췄다.

그 소리는 무척 낯설었다. 나는 잠시 후에야 그것이 룽룽의 휴대폰에서 나는 소리라는 것을 깨달았다. 그 휴대폰은 일주일 전 내가 병원에 달려갔을 때 중환자실 의사가 건네준 것이었다. 그들은 그녀의 전화번호부 안에 있는 혼란하기 짝이 없는 별명, 약칭, 암호들 속에서 연락 가능한 친지의 전화번호를 겨우 하나 찾아냈다. 그것은 바로 내 전화번호였으며 룽룽은 그것을 '언니'라고 성실하게 저장해놓았다.

지금 울리는 게 바로 그 휴대폰이었다. 그것은 내 손 안에서 본분을 모르는 망령처럼 부르르 떨고 있었다. 액정에 찍힌 이름은 '구스타프'였지만 '구스타프'가 누구인지 내가 알 리가 없었다. 아마도 룽룽이 술집에서 어울리던 친구인 것 같았다. 사람들은 남에게 자신의 본명을 곧이곧대로 알려주는 것을 꺼려서 갖가지 별난 별명을 쓰곤 한다. 분명히 룽룽도 그런 별명이 있었을 것이다. 그런데 이제는 그녀 자신만이 그 암호들을 풀 수 있었다. 하지만 이미 죽은 그녀는 문제를 풀 수도, 전화를 받을 수도 없었다.

상대방도 뭔가 이상했던지 전화벨은 잠깐 울리다가 끊어져버렸다.

나는 의자에 앉았다. 웬일로 식은땀이 나는 것을 느꼈다. 내가 들고 있는 그녀의 휴대폰은 검은색이었다. 우리가 아직 사이가 좋았을 때도 그녀는 그 휴대폰을 사용했다. 그래서 어느새 겉면의 칠이 벗겨져 흰색이 드러나고 녹색 빛까지 감돌았다. 기능도 구식이어서 저장 가능한 문자가 겨우 50통에 불과했다. 이미 그 전에 몇 번 뒤져보았지만 문자는 거의 다 삭제되어 몇 통밖에 없었고 그것조차 발신인의 이름을 알아보기 어려워 내용도 전혀 의미가 없었다.

그런데 문득 그중의 문자 하나가 발신인이 'ZYT'인 것이 눈에 띄었다. 사실 그 문자는 전에도 내 주의를 끌었는데 내용은 "네가 이런 사람이었다니! 나는 너를 증오해!"였다. 보낸 날짜가 한 달도 더 전인 것을 보면 그녀가 일부러 남겨놓은 듯했다.

전에 그 문자를 보았을 때는 느낌표 두 개에 눈길이 끌렸다. 누가 룽룽을 증오하는 것은 결코 신기한 일이 아니었다. 고모처럼 그녀는 남의 미움을 사는 재주가 있었다. 변덕이 죽 끓듯 하고 약속을 쉽게 저버리며 교묘하게 말과 표정을 꾸며댔다. 하지만 마지막에 우리 사이가 멀어지게 된 것은, 그녀의 속마음이 원래 차가워 세상의 어떤 사람과 사물에 대해서도 냉정하고 소원하며 적대적인 것을 내가 깨달았기 때문이었다. 그녀의 애인도 그 비밀을 깨닫고 그런 문자를 보냈을 것이다.

그녀는 한때 창턱에 앉아 희디흰 다리를 흔들어대던, 완푸가의 모든 이에게 사랑받는 소녀였다. 그런데 결국 나를 소름 끼치게 하는 괴물로 변해버렸다. 그래서 우리는 다시 만나지 않고 가끔 연락만 했으며 이제 와서 그녀는 아예 내 삶에서 영영 떠나가버렸다.

나는 원래 그녀가 그런 문자를 받은 것은 전혀 의외가 아니라고만 생각했다. 그런데 지금 그것이 다시 내 주의를 끈 것은 발신인이 ZYT, 즉 방금 내 앞에서 나와 함께 열심히 룽룽을 추억했던 저우원타오라는 남자의 약칭이었기 때문이다. "룽룽은 이 세상 어떤 사람과도 달랐어요"라고 그는 말했다.

완푸가에 사는 사람들은 하루에 한 가지 비밀만 알아낼 수 있다고 말한다. 그 말을 할 때 그들은 꽤 느긋해 보인다. 비밀은 너무나 많고 남은 날은 까마득하기 때문이다. 그런데 나는 지금 속으로 그 말을 중얼거리면서 다소 피곤함을 느꼈다. 룽룽이 추락하고 사망한 뒤로 지금에 이르러서야 나는 비로소 홀로 앉아 조용한 시간을 갖게 되었다. 친척도 없고, 이웃도 없고, 동료도 없고, 낯선 사람은 더더욱 없었다. 오직 나와 그녀만이 어릴 적 함께 숙제를 하던 때처럼 서로 얼굴을 마주하고 앉아 있었다. 하지만 우리의 귓가에는 더 이상 완푸가의 시끄러운 소리가 들리지 않았다. 우리는 둘 다 그 거리를 떠났다. 비록 택한 길은 달랐지만 결과는 같았다.

"넌 그 호른 주자를 통해 무슨 기억을 되찾은 거야?"

나는 그녀에게 물었다.

그녀는 웃었다. 말없이 교활한 웃음을 지어보였다. 이제 그녀는 전화를 받을 수도, 소리를 낼 수도 없기 때문이었다.

반지·자식

戒·子

—

쑤더

□

그것은 올해의 마지막 플라이 백fly back이었다.

공항을 나와 린쥐林悅는 쉬우徐吳에게 전화를 걸어 언쩌恩澤읍으로 돌아갈 차표를 벌써 샀다고 말했다. 새해가 가까운 탓에 공항 입구에는 택시를 기다리는 사람들이 길게 줄지어 서 있었다. 린쥐는 어쩔 수 없이 여행 가방을 끌고 공항버스를 타러 갔다. 그녀는 무거운 마음을 안고 오랫동안 걸었다. 돌아보면 여태껏 한 번도 이렇게 서둘러 집에 돌아가려 한 적이 없었다. 천천히, 좀 더 천천히 집에 돌아갈수록 좋았다. 가장 좋은 것은 비행기 연착이나 버스 고장이었다.

버스에 앉아 황푸黃浦강 동쪽에서 서쪽으로 가는 고속도로 주변에 차츰 밥 짓는 연기가 피어오르는 것을 보았다. 농가가 보였고, 가축들이 보였고, 소형 트랙터가 보였다. 그러다가 차츰 대형 쇼핑센터와 인테리어 전시장과 주택 지역이 나타나 황푸대교를 건널 때까지 쭉 이어졌다. 통화를 한 뒤로 그녀는 이미 버릇이 된 듯 쉬우에게 아무 문자도 보내지 않았다. 연애할 때나 막 결혼했을 때는 매번 그녀가 돌아올 때마다 어김없이 쉬우가 공항에 마중을 나오곤 했다. 일 때문에 그러지 못할 때는 그녀가 착륙해서 집에 돌아갈 때까지 두 사람은 수도 없이 문자를 주고받았다. 그리고 집에 돌아갔을 때는 부엌 식탁 위에 쉬우가 전날 저녁 사놓은 백장미 한 다발이 꽂혀 있었다. 그 백장미는 하루가 지났는데도 한껏 활짝 피어 있었다. 린줘는 백장미를 좋아했다. 그녀가 제일 좋아하는 소설의 제목도 『백장미』였고 거기에는 "백장미는 조용하고 독립적이면서도 강인한 사람을 뜻한다"라는 구절이 있었다. 린줘는 사실 그렇게 강인하지도 독립적이지도 않았지만 그래도 조용한 편이었다. 그래서 7년 동안 계속 직장 생활을 해오면서 자신이 시간과 삶에 의해 한 줄기 백장미가 됐다는 생각이 들었다. 비록 이제는 집에 돌아가도 활짝 핀 백장미가 그녀를 맞아주지는 않지만.

린줘가 집에 도착했을 때 뜻밖에도 쉬우가 있었다. 게다가 저녁상이 차려져 있고 식탁 가장자리에 백장미 한 다발까지 놓여 있었다. 그녀가 돌아온 것을 보고 쉬우는 두 팔을 벌려 다가와 안아주었다. 그것은 두 사람이 냉전을 벌인 지 반년만의 첫 포옹이었다. 하지만 린줘는 이미 어색해진 듯 허리를 숙여 구두끈을 풀며 그의 품에서 빠져나왔다. 쉬우는 낭패하여 잠시 현관에 서 있다가 다시 그녀의 짐을 받으며 분위기를 풀려 했다.

"밥 차렸어. 우리, 집에서 제대로 먹은 지 너무 오래됐잖아."

쉬우가 말했다.

"응."

린줘는 목도리를 풀고 부엌 쪽으로 갔다. 그리고 손을 씻고서 기분을 풀어볼 생각이었다. 부엌은 신혼 때와 비교해 거의 달라진 게 없었다. 더러워진 데도 낡은 데도 없었다. 린쥐가 요리를 할 줄도 모르고 즐기지도 않아 둘이 툭하면 밖에 나가 식사를 해결했기 때문이다. 때로는 둘이 같이 먹었고 때로는 각자 친구와 먹었으며 가끔은 쉬우가 집에서 요리를 하기도 했다. 그런데 그는 자기가 요리를 하고 나면 꼭 밤에 사랑을 나누기를 원했다. 쉬우는 그쪽으로 욕망이 왕성했고 린쥐도 그랬다. 그래서 결혼한 후 첫 3년 동안 그녀는 두 번 임신을 했지만 두 번 다 두 달도 안 돼 유산이 되었다. 처음에 린쥐는 별로 신경 쓰지 않았다. 그녀 같은 컨설턴트는 항상 비행기를 타고 힘들게 각지를 돌아다녀야 하므로 피로가 쌓여 그런 줄 알았다. 그런데 네 번째 해에 세 번째 임신을 했을 때는 일부러 일을 그만두고 집에서 쉬었는데도 두 번째 달을 며칠 앞두고 또 유산이 되었다. 이번에는 린쥐와 쉬우 둘 다 신경이 쓰여 여러 병원을 돌아다니며 진찰을 받았고 그 결과는 똑같이 습관성 유산이었다. 의사는 린쥐가 원래 허약 체질이라면서 앞으로는 임신을 시도하지 않는 게 좋겠다고 권했다. 안 그러면 언이은 유산으로 생명이 위험해질 수도 있다고 했다. 병원을 다녀온 날 밤, 린쥐와 쉬우는 둘 다 잠을 이루지 못했다.

물이 조금 차가웠지만 린쥐는 비누칠을 해 꼼꼼히 손을 닦았다. 그녀의 왼손 네 번째 손가락에는 가는 금반지가 끼워져 있었다. 그것은 그녀와 쉬우가 결혼하기 전에 쉬우의 아버지가 준 것이었다. 쉬우의 어머니가 물려준, 매우 오래된 물건이라고 했다. 그래서 상하이로 돌아온 뒤 두 사람은 일부러 금은방에 찾아가 똑같은 모양의 금반지를 하나 더 맞췄고 그것은 쉬우가 끼고 결혼반지로 삼았다. 많은 동료가 린쥐의 반지를 보고 기뻐해주었다. 순금인 반지 표면에는 한자 몇 글자가 새겨져 있었는데 누구는 산스크리트어라고 했고 누구는 고대의 음표라고 했다. 또 누구는 보고서 "이 글자, '감로#露' 아닌가요?"라고 했다.•

린춰는 5년간 그 반지를 끼고 다녔고 역시 그 부적 같은 글자들이 감로와 닮았다고 생각했다.

갑자기 쉬우가 뒤에서 린춰를 꼭 껴안으며 어깨를 감쌌다.

"어서 밥 먹어."

그가 고개를 숙이고 말했다. 린춰는 소스라치게 놀라 몸부림을 치다가 그만 어깨로 그의 턱을 치고 말았다. 그는 눈앞이 아찔했다.

"이게 무슨 짓이야!"

쉬우는 성을 냈다. 린춰도 기분이 안 좋아 두 사람은 다시 입을 다물었다.

밤에는 쉬우가 자기 이불에서 발을 뻗어 린춰를 슬쩍 건드렸다. 그러나 린춰는 자는 척하며 꼼짝도 하지 않았다. 그녀는 쉬우의 무거운 탄식 소리를 들으면서 창밖을 바라보았다. 반년 전부터 그들은 이불을 따로 쓰기 시작했다. 쉬우가 자기를 건드리는 것을 그녀가 원치 않았기 때문이다. 그녀는 임신이 무서웠다. 네 번째 유산을 한 뒤 생리를 할 때는 말할 힘조차 없을 정도로 몸이 약해지고 말았다. 그 후 그녀는 아이를 안 낳기로 결심했다. 하지만 쉬우는 삼대독자였다. 아이를 안 낳는 것은 고사하고 첫째 아이가 여자아이여도 시아버지는 둘째를 가지라고 닦달할 게 뻔했다. 이 일로 린춰는 쉬우와 숱하게 말다툼을 했다. 그가 다시 시도해보자고 할 때마다 린춰는 사납게 눈을

• 감로#露는 천하가 태평할 때 하늘에서 좋은 징조로 내린다는 단맛이 나는 이슬이다.

부릅뜨고 말했다.

"당신 집은 내가 죽었으면 하는 거야?"

두 사람이 동침할 기회를 줄이려고 올해 린줘는 필사적으로 출장을 신청했다. 컨설턴트의 출장은 짧게는 일주일, 길게는 두세 달이었다. 회사에서 매주 집에 다녀오는 항공권을 제공해줘도 가능한 한 쓰지 않았다. 그녀는 집에 가는 것을 꺼리게 되었고 남 앞에서 쉬우 얘기도 안 하게 되었다. 가끔 동료들이 비행기에서 내려 마중 나온 남편과 즐겁게 집에 돌아가거나 호텔 방에서 전화로 달콤한 얘기를 주고받는 것을 보면 실의에 빠져 옛날처럼 쉬우와 다정하게 지내고 싶기도 했다. 하지만 그들은 전화만 하면 말다툼을 했다. 쉬우가 조금만 달콤한 말을 하면 린줘는 알 수 없는 긴장에 휩싸였다. 남편이 자기를 구슬려 집에 돌아가게 하고 또 동침을 해서 임신을 시킬 것이라는 생각이 들었다. 그녀는 두려웠다. 너무 두려웠다. 그래서 그 두려움을 분노로 바꿔 모두 밖으로 발산했다. 그런 시간이 계속되자 쉬우는 그녀가 이유 없이 난리를 피운다고 생각해 더는 좋은 말로 그녀의 기분을 맞춰주려 하지 않았다.

올해, 관례대로라면 그들은 쉬우의 고향인 저장성浙江省 남부 언쩌 읍에 가서 설을 쇠야 했다. 린줘는 시아버지 앞에서 자기가 더 이상 사실을 숨기거나 거짓말을 할 수 없다는 것을 알고 있었다. 그녀는 그에게 말해야 했다. 자기는 아이를 낳을 수 없으며 낳으려면 자기가 죽을지도 모른다는 것을. 그녀는 오늘 저녁 쉬우가 왜 저녁상을 차렸는지 짐작이 갔다. 그는 고향에 돌아가기 전에 다시 한 번 그녀의 속마음을 떠보고 싶었던 것이다. 그들은 섹스를 안 한 지 이미 오래되었다.

아주 드물게 몇 번 하기는 했지만 그때마다 린줴는 그에게 철저히 콘돔을 사용하게 했고 끝나고 나서는 또 세심하게 샤워를 했다. 쉬우도 별로 흥이 안 나는 눈치였다. 섹스를 하면서 자기만 분주하고 상대는 전혀 즐기지 못하니 당연한 일이었다.

사랑은 일종의 즐거움이며 섹스도 마찬가지다. 만약 눈앞에 있는 사람이 딴 데 마음이 가 있다면 분위기가 깨질 수밖에 없다. 점차 쉬우는 섹스가 사라지고 두 사람의 사랑도 위태로워졌다는 것을 깨달았다. 린줴가 섹스를 소홀히 하면서 그도 사랑에 소홀해졌고 회사의 한 젊고 발랄한 인턴 아가씨에게 마음이 끌렸다. 하지만 이미 서른세 살인 쉬우는 육체적인 충동을 억제했다. 화끈한 섹스에 잔뜩 목말라 있기는 했지만 그렇다고 린줴와의 7년 세월을 아무렇게나 내팽개칠 수는 없었다. 일단 일을 저지르면 돌이키기 힘들다는 것을 그는 잘 알고 있었다. 그 아가씨는 쉬우에게 잘 해주었고 쉬우도 그녀에게 잘 해주었다. 그녀는 매일 그에게 아침밥을 사다주었고 그는 매일 퇴근할 때마다 그녀를 학교에 바래다주었다. 때로 그는 자기가 육욕과는 무관한, 어떤 순수한 감정을 즐기고 있는 게 아닌가 생각이 들었다. 그것은 고향 언쩌읍의 노인들이 겨울날 오후에 마시는 훈훈한 차 한 잔 같은 감정이었다. 그는 줄곧 입을 열지 않았지만 그 아가씨는 결국 감정을 누르지 못하고 어느 날 그에게 말했다. 자기는 그를 좋아한다고. 집에 돌아와서 그는 정말 잠을 이루지 못했다. 벌겋게 부은 두 눈을 질끈 감고 있기만 했다.

그날 밤 꿈속에서 쉬우는 어머니를 보았다. 그녀는 서른 남짓밖에 안 된, 풍만하고 부드러운 모습으로 탁상 등 아래에서 아버지의 양말을 깁고 있었다. 당시 그의 아버지는 화장터의 화장 기술자였다. 그런 일을 하는 사람은 구멍 하나 없이 단단히 옷을 챙겨 입어야만 사악한 기운에 해를 안 입는다는 말이 있었다. 그래서 매일 어머니는 꼼꼼히 아버지의 옷을 살펴 올이 나가거나 구멍이 난 데를 안팎으로 손보곤 했다. 얼마 후 아버지가 뒤에서 다가와 어깨를 두드리자 그녀는 수줍어하며 그와 함께 안방으로 들어갔다. 그해에 쉬우는 겨우 여섯 살이었다. 철모르는 그가 커튼 뒤에 엎드려 안을 들여다보았을 때, 아버지의 몸 위에 엎드린 어머니의 하얀 나신은 마치 진흙 속의 백옥 같았다. 당시 그는 아무것도 몰랐고 나중에 성인이 돼서야 자기가 부모의 섹스를 목도했다는 것을 깨달았다. 어머니는 나중에 출혈성 유산으로 죽었다. 그래서 그는 열 살 때부터 아버지의 손에서 자랐으며 여태껏 아버지의 말을 거역해본 적이 없었다.

쉬우의 어머니의 죽음은 린쥐의 마음속 부담이 되기도 했다. 그녀는 스스로 그 죽음을 교훈으로 삼아야 한다고 생각했다.

이튿날 아침, 잠에서 깨어난 린쥐는 쉬우가 자기보다 먼저 깨어나 있는 것을 발견했다. 그는 멍하니 천장을 보고 있다가 잠시 후 입을 열었다.

"우리 이혼해. 호적은 내일 돌아가서 아버지한테 여쭤보고 정리할게."

"응."

린쥐는 조금 얼떨떨했지만 정신을 가다듬고 모로 누웠다. 조금 더 자고 싶었다. 쉬우는 일어나서 샤워를 하러 갔다. 욕실에서 물이 떨어지는 소리가 들리자 린쥐는 비로소 울음이 터져 나왔다. 그녀는 흑흑 흐느꼈다. 눈물이 샘처럼 걷잡을 수 없이 흘러나왔다.

쉬우도 욕실에서, 울었다.

언쩌읍은 저장성 남부에서도 가장 눈에 안 띄는 구석에 있는 마을이었다. 그곳은 천 년에 가까운 역사를 갖고 있었는데, 옛날 청나라 건륭乾隆 황제가 강남江南 지역에 내려왔을 때 그 마을의 한 아가씨에게 은택을 내리면서 그 마을에 '은택恩澤•이라는 이름을 하사했다는 이야기가 있었다. 또한 건륭 황제가 총애하던 귀비의 이름이 은택이었는데 그녀가 강남으로 오던 길에 알 수 없는 이유로 죽고 그 마을에 묻히는 바람에 그녀를 기념하는 의미로 마을 이름이 그녀의 이름으로 바뀌었다는 이야기도 있었다. 언쩌읍에는 그런 이야기가 무척 많았고 쉬우도 어린 시절 꽤 여러 가지를 들었다. 하지만 쉬우의 아버지는 뒤의 이야기를 더 믿었다. 그는 한때 자기보다 훨씬 나이가 많은 금은방 주인과 사이가 좋았는데 그 이야기도 그 금은방 주인에게서 들은 것이라고 했다. 한편 그 주인은 도굴꾼에게서 산 황금과 장신구로 사업을 일으켰다는 소문이 있었다.

린줘도 쉬우와 함께 언쩌읍에 갔다. 그들이 처음 알게 된 것도 그 마을에서였다. 당시 린줘는 친구들과 함께 졸업여행을 왔었는데 아가씨 몇 명이 깔깔거리며 길을 걸어 다니자 마을의 남자들은 모두 눈이 번쩍 뜨였다. 쉬우도 그중의 한 명이었다. 하지만 그는 어머니의 묘를 돌보러 온 참이었고 잠시 머물다 다시 상하이로 일을 하러 돌아갈 채비를 하고 있었다. 그해에 쉬우는 스물다섯 살이었으며 대학 졸업 삼'년 만에 벌써 직장에서 부副 엔지니어로 승진한 상태였다. 그는 거의

• '은택'의 중국어 발음이 바로 언쩌다

첫눈에 린쥐에게 반했다. 정숙해보였기 때문이었다. 아가씨들은 쉬우에게 사진을 찍어달라고 했고 파인더를 통해 그는 몰래 린쥐에게 계속 초점을 맞췄다. 그녀가 어색한 눈빛을 지을 때까지 계속 그랬다.

"빨리 좀 찍어요!"

누가 재촉을 하고 나서야 쉬우는 서둘러 셔터를 눌렀다. 긴장을 한 탓에 그만 화면이 흔들렸다.

나중에 쉬우는 린쥐의 전화번호를 남겨두었다가 상하이에 돌아가서 열심히 그녀를 쫓아다녔다. 그녀와 식사 약속을 하고, 거리를 걷고, 영화를 보고, 게임을 하고, 커피를 마셨다. 연애 첫해에는 거의 회사 일은 뒷전이었다. 두 사람은 왜 이제야 서로를 만났는지 너무 아쉬울 정도였다. 린쥐는 그해에 일을 시작했지만 연애 때문에 출장을 피하는 바람에 2년 뒤 입사 동기들이 다 컨설턴트로 승진을 할 때도 혼자 부컨설턴트에 머물렀다. 하지만 그녀는 별로 상관하지 않았다. 자기는 쉬우가 생겨서 모든 것을 다 갖게 되었다고 생각했다. 아이 문제만 아니었다면 그들은 분명 여전히 사이좋은 부부였을 것이다. 린쥐의 일도 지난 일이 년 사이에 점차 잘 풀려서 그녀는 벌써 자기 팀을 데리고 클라이언트와 협상을 할 수 있게 되었다. 그런데 하루하루 삶이 나아진다는 느낌이 드는 이때, 불가피하게 결혼 생활이 끝날 위기에 처한 것이다.

오랫동안 서로 떨어져 있었고 언어적인 교류도, 육체적인 교류도 없었다. 이런 결혼 생활을 더 유지해서 뭐하겠는가. 둘 사이에 아이도 없는 상황에서.

쉬우의 아버지는 이혼을 하겠다는 아들의 말을 듣고 한참동안 입을 다물고 있었다. 그러다가 결국 들고 있던 물담뱃대를 쾅, 내려놓았다.

"이혼은 안 돼!"

말을 마치고 그는 뒷짐을 진 채 문밖으로 나갔다. 쉬우는 어리둥절했고 린쥐도 마찬가지였다. 그들은 서로 눈치만 보고 아무 말도 하지 않았다. 저녁에 노인은 읍에서 오래 묵은 계화주桂花酒 여섯 병을 갖고 돌아와 아들과 마셨다. 그는 잔뜩 술을 들이켠 뒤 벌게진 눈으로 고통스러운 표정을 지으며 말했다.

"아들아, 너는 내 아들이 아니다."

알고 보니 옛날 그들 부부는 결혼한 지 십수 년 동안 아이를 낳지 못했다. 임신이 안 된 게 아니라 임신만 하면 유산이 되곤 했다. 나중에 그들은 현縣의 고아원에서 남자아이를 입양해와 자기 자식처럼 키웠다. 그런데 쉬우의 어머니는 계속 포기하지 않고 어떻게든 쉬씨 집안의 핏줄을 낳아 제사를 잇게 하려고 했다. 그 탓에 건강했던 그 여인은 거듭된 유산으로 점차 쇠약해졌고 끝내 출혈 과다로 죽고 말았다. 쉬우의 아버지는 그 일로 인해 오랜 세월 자책에 시달렸다. 사실 화장터에서 일하며 그는 세상의 온갖 삶의 말로를 보았다. 핏줄이란 게 대체 무슨 소용이 있단 말인가? 그는 젊은 시절 그 금은방 주인이 자신에게 "사람이 한 세상 살면서 뭐든 있으면 좋은 것이고 없어도 그만일세. 가장 두려운 건 다른 사람의 눈을 의식해 기쁨을 잃는 것이지"라고 해준 말이 떠올랐다.

노인은 술이 과했는지 잔을 든 채 머리를 흔들며 말했다.

"너희는 잘 모를 텐데 그 금은방 주인장은 옛날에 풍류깨나 아는 남자였다. 그러다가 오십 세 되던 해에 바보 여자한테 빠져 금은방을 제자에게 넘겨 정리한 뒤, 돌팔이의사가 되어 종일 그 여자를 데리고 산에 약초를 캐러 다녔다. 누구는 두 사람이 산 위에서 그 짓을 한다고 흉을 보기도 했다. 하지만 누가 그걸 알았을 것이며 또 그런 걸 누가 신경이나 썼겠느냐. 그 바보 여자는 수명이 짧아서 몇 년 안 돼 폐결핵으로 죽었다. 역시 내가 그 시체를 화장했지. 그 주인장은 화장터 밖에서 넋을 잃고 울었다. 아들아, 사랑이 뭐라고 생각하느냐? 이 애비는 사랑이, 곁에 있는 사람이 언제까지나 가장 좋은 것이라고 생각한다. 머리가 좋든 나쁘든, 아이를 낳든 못 낳든 아무 상관없다. 네 어미는 너무 억울하게 죽었다, 너무 억울하게!"

쉬우는 두서없이 중얼거리는 아버지를 달랬다. 그도 술을 많이 마셔서 눈가에 눈물이 그렁그렁했다. 린쥐는 바깥방에 멍하니 앉아 안주와 반쯤 남은 술병을 마주하고 있었다. 그녀는 술잔을 들고 연달아 세 잔을 마시고는 술상 위에 엎어져 서럽게 울었다. 누군가 계속 가슴을 조이는 듯 숨이 쉬어지지 않았다.

밤에 쉬우와 린쥐는 다시 한 이부자리에 누웠다. 그는 성급히 그녀를 원하지 않았고 두 사람은 서로의 몸에서 배어나는 계화주 향기에 취해 곤히 잠이 들었다. 이튿날, 그들은 처음 만난 그때처럼 손을 잡고 언쩨읍을 빙 돌아 거닐었다. 가장 많이 나눈 이야기는 옛날 좋았던 시절의 자질구레한 일들이었고 그제야 둘 다 그것을 잊지 않았음을 확인했다. 쉬우는 마음속 생각을 정리했다. 그 인턴 아가씨에게 미안하다고 말하기로 했다. 마을 끄트머리의 찻집 안에서 그들은 한 노인과 마주쳤다. 노인은 멀리서 린쥐를 보고는 일어나서 다가와 그녀의 관상을 봐주겠다고 했다. 쉬우는 사기꾼이라고 생각해 손사래를 치며 필요 없다고 했다. 그는 이제 아내를 고이 아끼고 보호하려 했다.

그런데 노인은 옆에 앉아 영 자리를 뜨려 하지 않았다. 그는 린줘가 왼손에 낀 금반지를 보고 그것을 빼서 자기에게 보여달라고 했다.

"반지에 새겨진 글자가 무슨 뜻인지 아나?"

그는 혼잣말을 하듯 말했다.

"아가씨처럼 젊은 사람이 어째서 이런 중한 물건을 끼고 있는지 모르겠군."

그는 반지 위의 글자들을 크게 베껴 써서 린줘와 쉬우에게 보여주었다. '감로왕생정토신주甘露往生淨土神呪'라는 제목 아래 "남무아미다파야, 치타가다야南無阿彌多婆夜, 哆他伽多夜……"라고 글자가 이어졌다.

"이건 「왕생주往生呪」야. 이 반지는 틀림없이 죽은 사람이 끼었던 거야. 감로는 업장業障을 소멸시키거든. 끼어서는 안 돼, 끼어서는."

상하이에 돌아와서 린줘와 쉬우는 노인의 말에 따라 금반지를 현관의 불상 밑에 두었다. 어느 날 그들은 동시에 똑같은 꿈을 꾸었다. 그 꿈속에서 쉬우의 어머니는 여전히 옷을 기우고 있었지만 막 스무 살이 된 것처럼 훨씬 더 젊어보였다. 침침한 등불 아래 그녀는 남편의 옷을 살펴보고 있었는데 갑자기 주머니에서 금반지가 떨어졌다. 그녀는 그것을 줍더니 좋아하며 손가락에 끼었다.

일 년 반 뒤, 린줘는 건강한 아들을 낳았다. 쉬우는 아이에게 언지思繼라는 이름을 지어주었다. 은택이 계속되라는 뜻이었다.

그 금반지는 정말로 묘지의 시신에서 나온 유물이었다. 묘지의 주인은 이미 밝힐 길이 없지만 소문에 따르면 건륭 황제가 가장 총애한 귀비 은택이라고 했다. 나중에 도굴범이 그 금반지를 금은방 주인에게

팔았고, 주인은 오십 세 되던 해에, 남에게 강간을 당해 임신을 했다가 금은방 앞에서 넘어져 유산을 한 바보 여자를 구한 뒤 그녀를 옆에 두고서 그 금반지를 피잉환避孕環* 삼아 그녀의 몸속에 넣었다. 그는 반지에 새겨진 글자의 의미를 알아보려 한 적이 없었고 알아볼 방도도 없었다. 그러다가 바보 여자를 화장한 뒤, 쉬우의 아버지는 유골 속에서 그 특이한 금반지를 발견했다. 본래 그는 그것을 금은방 주인에게 돌려줄 생각이었지만 뜻밖에도 신혼이었던 그의 아내가 발견하고 마음에 들어 하며 자기 손가락에 끼었다. 그때 쉬우의 집은 아직 가난했기 때문에 그의 아버지는 아내에게 변변한 물건을 사줄 수가 없었다. 그래서 아예 그 반지를 예물로 삼았다. 그렇게 해서 한때 피잉환이었고 또 「왕생주」가 새겨진 그 금반지가 린줘에게 전해진 것이었다.

쉬우와 린줘는 결코 이런 사연을 알지 못했지만 그래도 그 반지를 버리지 않았다. 왜냐하면 그것은 두 사람에게, 반지는 대신할 수 있어도 사랑과 곁에 있는 사람은 그럴 수 없다는 것을 알게 해주었기 때문이다.

---

* 피임을 목적으로 자궁강에 넣었던 일종의 금속성 루프

어느 말세의
이야기

一 個 末 世 的 故 事

—

페이다오

□

어머니는 젊은 시절 아버지에게 세상에 남자가 그 혼자만 남아도 절대 그와는 결혼하지 않겠다고 말했다. 이 말에 아버지는 깊은 상처를 입었다. 그는 슬픔과 분노를 에너지로 바꿔 열심히 노력한 끝에 마침내 우주에 상주하는 엔지니어가 되었다. 홀로 몇 만 미터 상공을 지키며 바라던 대로 인류와 지구와 어머니로부터 멀리 떨어졌다.

나중에 세상에 남자가 아버지 혼자만 남았을 때 어머니는 그와 결혼했다.

아버지는 그 어둡고 답답한 우주정거장에서 별들을 벗하며 살던 시절, 일을 하고 남는 시간마다 애써 어머니에 대한 증오를 키우며 평생 다시는 여자를 사랑하지 않겠다고 맹세했다. 나중에 그가 지상으로 돌아와 어머니와 결혼한 것은 그때 세상에 여자가 어머니 혼자만 남았기 때문이었다.

그들은 다른 선택의 여지가 없었다.

멀지 않은 과거에 인류는 자신들이 곧 멸망하리라는 것을 알지 못했다. 그런 맹목적인 낙관 때문에 사람들은 재난이 닥쳤을 때 아무 준비도 돼 있지 않았다.

실종이 일사불란하게 진행되었다. 통계에 따르면 실종된 사람은 선량한 남자, 횡포한 깡패, 영웅, 부랑자, 미녀, 거부, 거지 등을 다 아울렀다. 결국 사람이 사는 곳이면 어디에서나 실종이 잇따랐다. 그것은 모든 사람을 똑같이 보고 선악을 초월하는 공정의 법칙을 구현했다.

인류가 그렇게 오랜 세월 고민해온 인구 문제가 근본적인 해결이 가능해졌다.

신이 그렇게 오랜 세월 고민해온 인간의 문제도 근본적인 해결이 가능해졌다.

당연히 공황이 일어나기는 했지만 그것은 세상의 마지막 날 전의 짧은 혼란일 따름이었다.

나중에 사람들이 가장 즐겨 얘기한 화제는 누가 오늘 '제거됐다'는 것이었다. 이 말은 간단하면서도 의미가 분명하고 딱 맞아떨어졌다. 누구는 신이 정리 작업을 하고 있다고 했고, 또 어떤 이들은 외계인이 노동력 활용 같은 목적으로 인류를 납치하는 것이라고 생각했다. 상상력이 풍부한 몇몇 작가들은 높은 단계의 문명이 사랑스러운 지구인들을 다른 차원의 더 훌륭한 시공간으로 데려가 더 고상한 삶을 누리게 해주는 것이라고 생각하기도 했다. 당연히 이런 말은 너무 실없어서 아무도 신경 쓰지 않았다.

지구 전체가 조용해지고 모든 분쟁이 중지되면서 유사 이래 최초이자 최후로 모두가 한뜻이 되어 그 비열한 행위를 저지하기로 마음먹었다. 이를 위해 모든 자원이 동원되어 전 지구가 하나로 조직되었다.

세계 각지에서 열정적인 문학가들이 쏟아져 나와 세기말적 정서와 궁극적인 인문학적 관심이 가득한 수천만 권의 작품을 저술했다. 그 사람들은 대부분 바로 제거되었다. 그래서 미완성의 수많은 천고의 절창이 남겨졌다. 철학가들도 자기가 언제 사라질지 모르는 공포 아래 분초를 다퉈가며 새로운 이론 체계를 구축했다. 모든 철학과 신학은 더 이상 인간이 어떻게 발생했는지에 대해서는 관심을 두지 않고 오로지 인간이 어떻게 사라지게 되었는지를 해석하는 데 노력을 경주했다. 물론 가장 실제적이고 존경받을 만했던 이들은 아무래도 과학자들이었다. 그들은 얼마 안 남은 수만 명의 노동자들을 규합해 놀랄 만한 속도로 '전 지구적 자동 생존 시스템GSSS'을 만들어, 향후 요행히 생존한 사람들이 계속 살아남아 인류 문명의 재기를 도모할 수 있게 했다.

그 프로젝트가 완성되던 날, 전 지구에 남은 과학 종사자는 겨우 오십 명뿐이었다. 그들은 자신들의 걸작을 바라보며 감개무량해 했다. 소수라도 재능 있는 사람들이 마음을 모으면 어떤 어려움도 극복할 수 있다는 것을 깨달았다. 하지만 이토록 감동적인 코즈모폴리터니즘은 아쉽게도 너무 늦게 발휘되었다. 안 그랬으면 인류의 삶은 훨씬 더 나았을 것이다.

그날 밤, 그 인류의 영웅들은 밤새 자지 않기로 결정했다. 어느 친구가 모두가 보는 앞에서 사라지는지 똑똑히 보기 위해서였다.

이튿날 아침, 오십 명의 영웅들은 전부 실종되었다.

이 일은 당시 인류 전체의 비분을 샀다. 그들은 인류의 존엄을 무시하는 그런 작태에 분개하여 토의를 거쳐 최후의 항의를 하기로 결정했다. 그래서 겨우 남은 만여 명의 사람이 프라이버시를 포기하고 세계 각지에 설치된 GSSS의 카메라에 24시간 자신들을 노출시켜 각자의 일분일초까지 체계적으로 기록하기로 했다. 그렇게 하면 일부가 사라지더라도 누군가는 남아 녹화 영상을 볼 수 있기 때문이었다.

사람이 도대체 어떻게 사라지는지 반드시 확인해야만 했다!

죽어도 분명하게 죽어야 한다는 것이 모두의 생각이었다.

그래서 어떤 시각에, 구체적으로 언제인지 말하기 어려운 어떤 시각에 일만여 명의 사람이 한꺼번에 제거되었다.

삶은 그토록 잔혹하게 끝내 모두를 굴복시켰다.

세상에 겨우 남자 한 명과 여자 한 명만 남았을 때 그 대재난은 막을 내린 듯했다. 적어도 그들은 다 정상적으로 죽었다. 제거되지 않았다.

지구상에 단 둘이 남은 그 남녀는 그래도 옛날의 아담과 이브보다는 상황이 나았다. 어쨌든 완전무결한 GSSS가 있어서 의식주를 걱정할 필요는 없었기 때문이다. 따라서 인류 문명은 아직 가느다란 숨결이 남아 있는 셈이었고 계속 이어지는 것도 전혀 가능성이 없지는 않았다.

한편 실종이 워낙 무작위로 진행되었던 탓에 골치 아픈 일이 많이 일어났었다. 특히 인력 관리 분야에서 무서운 재난이 속출했다. 어떤 지시가 떨어져 마지막까지 정확히 수행되는 것이 거의 불가능했기 때문이었다. 이 문제는 대단히 흥미로워 향후 연구될 필요가 있는데, 당시 그로 인해 빚어진 가장 불행했던 사건들 중 하나는 관리의 혼선으로 나의 아버지가 하마터면 우주 공간에서 잊힐 뻔한 일이었다. 만약 나중에 어떤 결정권자가 어떤 순간 어떤 상황에서 어떤 이유로 어떤 일이 떠올라 어떤 지시를 내려 그것이 어떤 정도로 정확히 수행되지 않았다면, 아버지는 멸망을 눈앞에 둔 동포들에 의해 수만 피트 위의 차가운 공간에 버려져 별들을 벗삼아야 했을 것이다. 물론 그랬다면 그것은 아마도 그에게 일종의 해탈이 되었을 것이다.

결국 나중에 그는 지상으로 귀환했다.

우주선 밖으로 나오자마자 아버지는 GSSS의 자동기계들인 무인정찰기, 무인굴착기, 무인수송기, 자동난방기, 자동수확기, 자동안마기, 자동햄버거제조기 그리고 그밖의 비슷한 물건들이 자기 옆에서 아무 일도 없다는 듯이 날아다니며 침착하게 가동되고 있는 것을 보았다.

꽃다발도 박수소리도 없었다. 어느 누구도 그를 신경 쓰지 않았다.

멀리 바라보아도 세상은 평화롭고 조화로운 태평성대처럼 보였다. 온 세계에 티끌만한 흠조차 없었다. 단지 사람이 보이지 않아 황량할 뿐이었다.

얼마 후 아버지는 GSSS 전체를 관리하는 대형 컴퓨터 앞에 가서 입술을 떨며 물었다.

"알려다오. 내가 마지막 생존자인가?"

컴퓨터는 신속히 지구 전체를 스캔한 뒤 낮은 소리로 아니라고, 그에게 한 명의 반려자가 있다고 답했다.

아버지는 어머니를 찾아냈고 그녀와 결혼했다.

한때 가장 악랄한 말로 서로에게 상처를 입히긴 했지만 세상에 자신들만 남은 지금, 그들은 다시 헤어지는 것은 불가능한 일이라는 것을 깨달았다. 그들은 결합해야만 했다. 그것은 일종의 의무이자 책임이었고 영혼 깊은 곳의 요구였다.

그때부터 그들은 드문드문 이야기를 나누다 결국에는 말없이 서로를 바라보았고 모든 일에 대해 같은 결론에 이르렀다. 그들이 함께 사는 것은 하늘이 정한 일이었다.

그들은 시골에서 허물어진 작은 교회를 찾아내 단정히 차려 입고 그곳에 들어갔다. 아무도 그들에게 묻지 않았지만 그들은 넋 나간 표정으로 정면의 십자가를 바라보며 "예, 맹세합니다"라고 말했다.

GSSS의 도움과 보호에 의지해 그들은 전 세계를 여행했다. 나이아가라 폭포에서부터 아프리카의 사막까지, 피라미드에서부터 만리장성까지, 그리고 루브르 박물관에서부터 엠파이어스테이트 빌딩까지, 시간과 정력이 남아돌았기에 그들은 드넓은 지구를 한가로이 돌아다녔다.

그들은 자동으로 운항하는 비행기를 타고서 높은 산과 대해를 넘고, 빛의 장관을 맞이하고, 구름층 속에서 외롭게 날아올랐다.

그 기나긴 신혼여행은 여유롭기 그지없었고 동시에 슬프기 그지없었다. 그들은 낮에 항상 손을 잡고 있었으며 밤에도 꼭 껴안고 잠이 들었다. 한시도 서로에게서 떨어지려 하지 않았다. 잠시 한눈이라도 팔면 상대방을 못 보게 될까 두려워했다. 그들은 함께 살다가 함께 죽기만을 바랐다. 누가 먼저 사라져서 남은 사람을 홀로 끝없는 슬픔과 마주치게 하는 것을 절대 원치 않았다.

그들은 더 의지할 사람이 없었다. 서로 의지하는 것만이 그들의 운명이었다.

어머니는 나를 낳은 뒤 산후우울증에 걸렸다. 어느 날 그녀는 더는 아버지가 필요 없다는 생각이 들었다. 그래서 그가 잠든 틈을 타 여러 해 잡고 있던 손을 풀고 일어나서 길을 떠났다. 그녀는 매우 먼 곳까지 가서 스스로 동맥을 끊고 조용히 몸을 뉘였다.

아버지는 어머니를 찾아 땅에 묻었다.

그때부터 아버지는 우울한 사람이 되었다. 그는 혼자 고생스레 나를 키우면서 한 번도 내게 웃어준 적이 없었다. 물론 모질게 대한 적도 없었다. 내가 철이 들기 시작하고 스스로 배울 수 있게 되었을 때, 그는 갑자기 하룻밤 사이에 볼품없이 늙어버렸다. 죽을 때 그는 내 손을 꼭 붙잡고 말했다. 자기는 평생 정말로 어머니를 미워한 적이 없다고, 자기는 어머니를 사랑했다고.

지금 그들은 나만 외롭게 남겨두고 편히 잠들었다. 때로 나는 생각이 들곤 한다. 아마도 신은 인간 세상의 증오를 차마 볼 수가 없어 잠시 모든 무관한 사람을 퇴장시키고 아버지와 어머니만 남겨 그들에게 서로 잘 지내는 법을 배우게 한 것은 아닐까.

보이지 않는 행성

看不見的星求

—

하오징팡

□

"매력적인 행성들에 관해 이야기해줘요. 나는 잔혹하고 구역질나는 장면은 좋아하지 않아요"라고 너는 말했다. 나는 웃으며 고개를 끄덕였다. 그쯤이야 문제없지.

시시라자

시시라자는 아주 매력적인 행성이야. 그곳의 꽃과 호수는 여행자들이라면 누구나 한 번 보면 잊지 못하지. 시시라자에서 너는 흙을 한 뼘도 보지 못할 거야. 육지 가득 식물이 다 덮여 있거든. 실처럼 가는 아누아풀과 하늘까지 솟구친 쿠칭칭나무 그리고 보통 사람은 이름도 모르고 심지어 모양조차 상상하지 못하는 기이한 과일들이 갖가지 매혹적인 향기를 풍기고 있어.

시시라자인은 언제나 생존을 고민할 필요가 없었어. 그들은 수명이 아주 길고 신진대사가 느리며 천적도 적거든. 그들은 각종 식물의 열매를 채집해 먹고 아이카야라고 불리는 큰 나무 속에서 살아. 그 나무는 줄기가 원통형인데 안쪽의 지름이 성인 한 명이 눕기에 딱 알맞지. 그래서 그들은 대대손손 아이카야 속에서 살아가. 아이카야는 날이 맑을 때는 가지를 사방으로 뻗고 비가 올 때는 잎을 큰 우산처럼 펴지.

맨 처음 시시라자에 도착한 사람들은 모두 갈팡질팡하며 그런 행성에서 어떻게 문명을 탄생시킬 수 있을지 갈피를 못 잡았을 거야. 위기와 경쟁이 부족한 곳의 생명은 굳이 지성이 없이도 잘 살아갈 수 있다고 보았기 때문이지. 하지만 그곳에는 분명 문명이 존재했어. 게다가 찬란하고 활발하며 매우 창조적이었지.

많은 여행자가 그곳에 가서 첫 번째 보인 반응은 나중에 나이가 들면 그곳에 돌아와 만년을 보내고 싶다는 것이었어. 그들은 대부분 가장 큰 난관이 음식에 적응하는 것이라고 생각해 조급해하면서도 조심스럽게 그곳의 과일들을 맛보았지. 그런데 한동안 머물며 현지인들의 성대한 잔치까지 여러 번 즐기고 나서는 의외로 그곳의 모든 음식과 꽃들까지 다 좋아하게 된 것을 깨달았어. 하지만 그들은 그곳의 생활은 견딜 수가 없었어. 특히 노인들이 더 그랬지.

시시라자인은 태어나면서부터 거짓말하는 것을 배워. 사실 그건 그들의 삶에서 가장 중요한 일이야. 그들은 평생 쉬지 않고 거짓말을 지어내. 과거에 있었거나 없었던 갖가지 일들을 지어내 글로 쓰고, 그림으로 그리고, 노래로 부르지. 하지만 기억은 하지 않아. 그들은 말과 실제가 맞는지 안 맞는지는 관심이 없어. 재미만이 그들이 말하는 유일한 기준이지. 만일 네가 시시라자의 역사에 관해 물으면 그들은 네게 백 가지 판본을 알려줄 테고 다른 사람의 견해를 부정하는 사람도 없을 거야. 모두 매순간 자신을 부정하고 있기 때문이지.

시시라자에서 사람들은 항상 "네, 하겠습니다"라고 말하지만 실상은 아무것도 하지 않고 그 말을 믿는 사람도 없어. 하지만 각양각색의 다양한 약속들이 삶을 풍부하고 다채롭게 만들지. 오직 극소수의 상황에서만 사람들은 자기가 한 말을 지켜. 하지만 그러려면 특수한 이유가 필요하지. 만약 두 사람이 만날 약속을 했는데 공교롭게 그 약속을 지키면 어떻게 되는 줄 알아? 대부분 결합해서 함께 살게 돼. 물론 그런 일은 흔치 않으니까 많은 이들이 평생 혼자 살지. 시시라자인은 그게 안 좋다고 생각하지 않아. 정반대로 다른 행성들이 인구 과잉으로 위기라는 말을 듣고서 자신들의 행성이 가장 삶을 잘 이해한다고 더 생각하게 되었지.

그래서 시시라자에서는 대단히 찬란한 문학과 예술과 역사학이 탄생했고 덕분에 그 행성은 주변 우주에서 유명한 문화의 중심지가 되었어. 수많은 이방인이 명성을 듣고 찾아와 어느 나무 아래 수풀에서 현지인들이 아무렇게나 떠드는 가문의 이야기를 듣고 싶어 하지.

과거에 어떤 이들은 그런 행성에 안정된 사회가 있을 수 있을까 의심했어. 그들은 시시라자를 정부도 상업도 존재하지 않는 혼란한 곳으로 상상했지. 하지만 그들은 틀렸어. 시시라자는 정치 문명이 발달했고 과일 무역도 몇 세기 동안이나 안정적으로 유지되었으니까. 그들의 언어 방식은 그 과정에 이제껏 지장을 준 적이 없어. 시시라자에 유일하게 모자란 것은 과학이야. 거기의 똑똑한 두뇌들은 저마다 세계의 신비를 알고 있지만 그 앎들은 다 흩어져 있고 한 곳에 맞춰질 기회가 전혀 없거든.

피무야치

　피무야치도 네가 역사를 파악하기가 힘든 곳이야. 너는 그 행성의 박물관과 술집과 여관에서 다양한 판본의 옛날이야기를 듣고 혼란에 빠지게 될 거야. 이야기하는 사람들의 표정이 모두 진지해서 믿지 않을 수 없기 때문이지. 하지만 그 이야기들은 서로 맞지가 않아.

　피무야치의 풍경은 희한하기 그지없어. 엄격히 말하면 그곳은 둥근 별이라고 할 수도 없어. 피무야치는 남반구와 북반구의 해발 고도가 워낙 차이가 크고 거의 수직의 낭떠러지가 적도 부근까지 가로로 이어져 행성을 두 개의 전혀 다른 세계로 나누고 있어. 머리 위에는 새하얀 얼음과 눈이 있고 발밑에는 아득한 대해가 있지. 그리고 도시는 그 까마득한 절벽 위에 지어졌는데 하늘부터 바다까지 아래위로 이어진 통로와 움푹한 구덩이 속 날렵한 집들이 마치 거대한 벽화처럼 빛을 받아 반짝이고 있어.

　그 도시가 지어진 역사를 정말로 알고 있는 사람은 없어. 너는 단지 현재 거주하는 사람들의 갖가지 낭만적인 이야기만 들을 수 있을 거야. 그 이야기들은 모두 감동적이지. 어떤 것은 피 끓는 모험담이고 어떤 것은 슬프고 비장하며 또 어떤 것은 눈물을 자아내는 로맨스를 담고 있어. 당연히 그것들은 이야기하는 사람의 나이와 성별에 좌우되곤 하지. 모두가 믿을 만한 결론을 제시해주는 사람은 없다고 봐야 해. 피무야치는 그렇게 입에서 입으로 전해지는 이야기 속에서 하루가 다르게 신비한 매력이 더해지고 있어.

많은 사람이 그곳의 기묘한 풍경과 이야기에 사로잡혀 그곳에 계속 머무르고 싶어 해. 그곳은 더할 나위 없이 개방적이고 포용적인 행성이기도 해서 여행자들은 즐겁게 그곳에 녹아들고 행복하게 살아가. 그곳에 터를 잡은 여행자들은 역시 절벽 위에 집을 짓고 자기가 들은 이야기를 새로 온 손님에게 들려주지. 그러면 그들은 만족스러워하며 점차 그곳의 새로운 주인이 되지.

그런 도취 상태가 한동안 계속되다가 어느 날엔가 그들은 돌연 사태의 진상을 깨닫게 돼. 수많은 미묘한 단서를 통해 사실 피무야치가 이미 진정한 역사를 드러내고 있었다는 것을 알게 되지. 원래 모두가 똑같다는 것을, 그 행성에는 단지 여행자밖에 없고 진정한 주인이자 계승자는 한 명도 존재하지 않는다는 것을 말이야.

맞아, 피무야치는 한때 찬란한 역사를 지닌 행성이었지만 알 수 없는 이유로 버려졌어. 피무야치인들은 자신들의 고향을 멀리 떠나면서 그 빛나는 도시만 텅 빈 채 남겨두었고, 그래서 멋모르고 찾아온 우주 여행자들이 보고 압도당하게 만든 거야. 그들은 아무도 이해 못할 몇 마디를 남겼을 수도 있고, 건축물의 틈에 몇 가지 은유를 심어놓았을 수도 있어. 그래서 그것들이 나중에 온 이들의 머릿속에서 뿌리를 내리고 싹을 틔워 그 행성의 과거에 관한 아름다운 환상이 되게 했지.

누가 가장 먼저 아무도 살지 않는 그 도시를 발견했는지 아는 사람은 없어. 여행자들의 역사도 대대로 전해지다가 저절로 사라졌지. 정착한 여행자들은 모두 진정한 피무야치인으로서 그 행성을 지키며 열정적으로 주인의 역할을 하기를 바랐어. 그러다가 마지막에는 그곳이 변함없는 자신들의 고향이라고 믿게 된 거야.

피무야치의 비밀을 눈치 챌 만한 이방인은 거의 없어. 우주의 구석구석을 다녀본 소수의 진정한 유랑자는 예외지만 말이야. 그들은 그곳 사람들이 자기가 피무야치인이라고 필요 이상으로 자주 언급한다는 것을 예민하게 알아챌 거야. 그것은 원주민이 주도하는 다른 대다수 행성에서는 별로 대수롭지 않은 일인데도 말이야.

핑즈오

피무야치를 제외하면 너는 우주에서 오직 핑즈오에서만 다양한 곳에서 온 생물들이 각기 다른 풍속과 문명을 갖고서 충돌하고, 결합하고, 마찰을 빚는 것을 볼 수 있을 거야.

핑즈오는 크지도 작지도 않으며 기후가 사시사철 온화한 행성이야. 평지가 넓고 높은 산이 적어서 육지의 기복이 매우 완만하고 하늘과의 경계선이 부드러운 곡선을 띠고 있지. 그곳에는 보통 행성들에 있는 것이 다 있으면서도 그밖에 다른 것은 또 없어. 그곳에는 비옥한 땅, 풍부한 지하자원, 다양한 동식물 그리고 모든 여행자가 춤추고 노래 부르는, 관목들로 둘러싸인 원형 경기장이 있긴 하지만 딱 그 정도일 뿐이야. 더 무슨 놀랄 만한 것은 없어.

핑즈오의 주민들도 마찬가지로 평범하고 특이한 점이 없어. 그들은 매우 흔한 포유류에 속하는데 몸집이 크고 천성이 선량하고 소박하며 만족을 잘 하는 편이지. 그래서 사회구조가 아주 느슨한데도 서로 아주 조화롭게 살아가고 있어.

핑즈오인에게 어떤 남다른 점이 있다면 그것은 아마 유난히 좋은 성격일 거야. 사람들은 그들이 말다툼을 하는 것을 거의 본 적이 없어. 자신들끼리도, 각양각색의 우주 여행자하고도 통 부딪치는 일이 없지. 그들은 어른의 말이든 아이의 말이든 귀를 기울여줄 줄 알아. 남의 말을 들을 때는 언제나 크고 동그란 눈을 크게 뜨고 연방 고개를 끄덕이며 뭔가 크게 깨달은 듯 도취된 표정을 짓지.

그곳 주민들의 그런 훌륭한 성품을 알고 우주의 가장 똑똑한 야심가들은 하나같이 그 이용 가치에 주목해 암암리에 경쟁을 했어. 맞아, 누군들 그런 행성을 통치하고 싶지 않겠어? 이용 가능한 자원도 많고 거주 환경도 훌륭한데다 심지어 그곳은 여러 항로가 합류하는 황금 노선에 위치해 있거든.

그래서 그곳으로 교육자와 선교사와 정치 연설가가 건너갔어. 혁명가와 기자도 갔지. 그들은 저마다 핑즈오인들에게 천국 같은 나라를 묘사하고 완벽한 이념을 설파했어. 핑즈오인들은 매번 진심으로 감탄하고 새로운 견해들을 받아들였지. 더 심하게는 몇몇 행성에서 직접 총독을 파견해 그 행성의 최고 지도자 자리에 오르게 하기도 했어. 하지만 그런데도 주민들은 반대하지 않았어. 심지어 어떤 이견도 제시한 적이 없었지.

하지만 외부 행성에서 온 그 사람들은 시간이 지날수록 서로 약속이나 한 듯 실망이 커졌어. 핑즈오인들은 누구의 선동에도 영향을 받지 않았어. 자신들이 찬성한 도그마를 전혀 지키고 실천하려 하지 않았지. 그들은 한편으로 법제도가 완비된 사회에 찬탄하면서도 다른 한편으로 멀리서 온 입법자들이 제정한 모든 규칙을 본체만체했어.

우쭐해 있던 야심가들은 그런 태도 앞에서 속수무책이었어. 핑즈오인들의 그런 모순이 결코 주도면밀한 위장의 산물이 아니라 단지 생활 습관일 뿐이라는 것을 깨달았기 때문이야. 왜 그런지 물어보면 그들은 어리둥절해하며 말했어.

"그래요, 당신의 말이 옳아요. 하지만 세상에 옳은 일은 너무나 많아요. 옳은 게 뭐 어떻다는 거죠?"

몇몇 행성은 참지 못하고 무력 정복을 꾀했지. 하지만 그때마다 다른 행성들이 곧바로 간섭을 했어. 권력과 군사의 상호견제가 매번 핑즈오의 대기 밖에서 충돌의 위험을 해소해주었지.

그래서 핑즈오는 이방인들이 모여드는 중심지로서 우주에서 가장 원래의 상태가 잘 보존된 곳이 되었어.

너는 이 이야기들이 마음에 드니?

"마음에 들어요. 하지만 마음에 안 드는 점도 있어요. 왜 행성마다 다른 행성에서 온 여행자들이 들끓는 거죠? 그게 좀 마음에 걸려요. 꼭 동물원 같잖아요."

응, 네 말이 옳아. 나도 그건 마음에 안 들어. 그러면 그 행성의 지문이 조금씩 희미해지기 마련이니까. 좋아, 이제 진정한 원주민의 이야기들을 해줄게.

아미야지와 아이휘우

본래 거주해온 통치자와 관련해 네게 두 행성의 이야기를 해주려고 해. 그곳들은 아미야지와 아이휘우야. 그 두 행성은 모두 지성을 가진 두 생명에 의해 통치되고 있어. 그들은 다 스스로 자신들의 행성을 주재한다고 생각하지.

아미야지의 태양은 쌍성*이야. 하나는 눈부신 청색 거성**이고 다른 하나는 적막한 백색 왜성***이지. 이 두 별은 무게는 비슷해도 부피와 복사輻射는 전혀 달라. 그래서 아미야지의 궤도는 불규칙한 표주박 모양이야. 두 태양이 자전하는 U자형 장 안에서 왈츠 같은 움직임으로 돌고 있지.

청색 거성 쪽에 있을 때면 아미야지는 기나긴 여름으로 접어들고 백색 왜성 쪽에 있을 때면 똑같이 기나긴 겨울로 접어들어. 여름에는 갖가지 식물이 미친 듯이 자라나지만 반대로 겨울에는 대부분 깊은 잠에 빠지고 겨우 몇 종류의 식물만 드넓은 대지에서 조용히 고개를 내밀지.

여름과 겨울에 아미야지는 각기 다른 생명의 통치를 받아. 하나는 무성한 여름의 숲속에서 훨훨 춤을 추고 다른 하나는 황량한 겨울 들판에서 외롭게 걸어다녀. 여름의 아미야지인은 등나무 줄기를 엮어 만든 집에 사는데, 날씨가 추워지면 그 집은 나뭇잎이 시드는 것을 따라 연기처럼 사라지지. 그리고 겨울의 아미야지인은 암벽의 동굴 속에 사는데, 날씨가 따뜻해지면 그 동굴은 나날이 무성해지는 풀과 고사리에 덮여 흔적도 없이 사라지곤 해.

여름의 아미야지인은 동면에 들 때마다 자신을 보호하는 액체를

---

* 서로의 인력으로 끌어당겨 공통의 무게 중심의 주위를 일정한 주기로 공전하고 있는 두 개의 항성
** 표면 온도가 무척 뜨거운, 항성 중에서 반지름과 절대 광도가 큰 별
*** 질량은 태양과 비슷하지만 밀도는 물의 백만 배에 이를 정도로 높은 흰빛의 지구 크기만한 별

분비하고 땅속 깊숙이 들어가. 그 액체는 우쑤쑤라는 작은 곤충의 발정을 유도해 대량 번식하게 하고 내한성 식물인 아뭐둥을 깨우지. 그 보잘것없는 작은 식물은 겨울의 아미야지인을 천천히 소생시키는 역할을 해. 그리고 겨울의 아미야지인은 겨울이 거의 끝나갈 쯤에 아기를 낳는데, 그 갓 태어난 아기들은 얇은 막에 싸인 채 토양 속에서 자라면서 이온 반응을 일으켜 토양의 성분과 pH$^{•}$를 변화시켜. 바로 그것 때문에 식물들이 깨어나 계속 싹을 틔우면서 그 행성의 뜨거운 여름과, 여름의 아미야지인의 통치가 시작됨을 선언하지.

그래서 아미야지의 지성을 가진 그 두 생명은 서로의 존재를 몰라. 그들은 자신들의 생존이 다른 생명과 서로 의존하고 표리의 관계를 이루고 있다는 것을 전혀 모른다고. 그들은 양쪽 다 아름다운 글로 자신들이 잠들고 소생하며 새로운 삶을 얻게 해주는 신의 섭리를 찬양해왔지만, 사실 자신들이 신의 자식인 동시에 신 그 자체임을 끝내 깨닫지 못했어.

아이훠우는 상황이 전혀 달라. 아이훠우에도 지성을 가진 두 생명과 문명이 동시에 존재하지만 그들은 서로 상대방의 존재를 분명히 느끼고 있거든. 하지만 상대방도 자신들과 똑같이 감정과 논리와 도덕률을 갖고 있다는 사실은 까맣게 모르고 있어.

그 이유는 아주 간단해. 그 두 생명이 완전히 다른 시간의 척도를 갖고 있기 때문이야.

아이훠우는 무척 특이하게 움직이는 행성이야. 자전축과 공전 궤도면의 끼인각$^{••}$이 매우 작고 자전축 자체는 또 느리긴 하지만 쉬지 않

• 물의 산성이나 알칼리성의 정도
•• 두 변이나 두 직선 사이에 끼인 각

고 회전하며 나아가고 있지. 그래서 그 행성의 표면은 네 구역으로 나뉘어 있어. 적도에 가까운 좁고 긴 지역은 아이훠우의 자전이 진행됨에 따라 밤낮이 바뀌지만 남극과 북극의 두 지역은 자전축의 자전 속도에 따라 아침과 저녁의 간격이 크게 떨어져 있지. 그 두 가지 밤낮은 서로 시간 차이가 수백 배에 달해. 그래서 각기 다른 곳에서 태어난 그 두 생명은 서로 차이가 수백 배에 달하는 시간의 척도를 갖고 있지.

적도의 아이훠우인이 보기에 극 지역에서는 신비하고 기나긴 백야와 극야가 계속되고, 반대로 극 지역의 아이훠우인이 보기에 적도의 어둠과 광명은 너무 순식간에 여러 번 뒤바뀌지. 둘 다 서로에게는 무척 흥미로운 현상이야. 적도의 아이훠우인은 작고 영리하며 수십만 명이 모여 살지만 극 지역의 아이훠우인은 자신들의 밤낮에 상응하는 신진대사를 보이고 형체도 자신들의 시간의 척도에 딱 맞게 적응되어 있어.

때때로 적도의 아이훠우인이 남극과 북극으로 탐험을 떠나기도 해. 그들은 미궁 같은 거대한 나무숲에서 길을 잃기도 하고 우연히 마주친 집을 오르기 힘든 가파른 절벽으로 오인하기도 해. 극 지역의 아이훠우인이 적도 부근을 돌아다닐 때도 늘 세세한 부분을 못 보고 무심코 그 소인들이 의지하고 사는 터전을 망가뜨리곤 하지. 옛날 우화 속 대인국과 소인국 이야기에서처럼 그들은 서로 같은 행성, 다른 세계에 살고 있어.

가끔 적도의 아이훠우인들은 극 지역의 그 거대 생물도 지성을 가진 존재인지 추측해보곤 해. 그리고 속으로 생각하지. 그렇게 느리고 몇 백 년 간 별로 움직이지도 않는 종은 설령 의식이 있더라도 매우 둔하고 단순할 것이라고 말이야. 또한 극 지역의 아이휘우인들도 속으로 비슷한 의문을 느끼곤 하지만 바로 한숨을 쉬며 고개를 흔들지. 그런 하루살이 같은 작은 동물은 생명과 문명을 경험할 틈도 없을 것이라고 생각해.

그래서 아이휘우의 그 두 생명은 똑같이 배우고, 일하고, 투쟁하며 서로 다른 시간의 척도 위에서 역사를 지속해왔어. 하지만 그들은 서로를 몰라. 또 이른바 시간의 길이라고 하는 것이 자기 삶의 척도로 우주를 가늠하는 것일 뿐이라는 것도 모르지.

"잠깐만요."

너는 갑자기 끼어들어 말했어.

"그런데 어떻게 그 문명들을 아는 거죠? 언제 아미야지에 갔었죠? 아이휘우에서는 또 어떤 시간의 척도를 경험한 거예요?"

나는 알고 있어, 당연히 알고 있지. 사실 너라도 알 수 있었을 거야. 그게 바로 여행자와 거주자의 차이야. 그게 바로 여행이지.

"그게 바로 여행이라고요? 그게 바로 여행을 하는 이유인 건가요?"

그렇기도 하고 그렇지 않기도 해.

여행의 의미를 알고 싶어? 그러면 여행의 행성에 관해 이야기해줄게.

루나치

루나치의 주민들은 우주에서 가장 아름다운 차와 배와 비행선과 발사 장비를 만들지. 그 정밀함과 복잡함은 다른 행성에서 온 방문객의 상상력을 훌쩍 뛰어넘어. 또한 그 행성의 다른 모든 공정에 쓰이는 과학기술의 수준도 뛰어넘지.

직관이 뛰어난 사람은 그 이유를, 그리고 여행이 루나치인에게 갖는 의미를 바로 추리해낼 수 있어. 다만 더 근본적인 이유는, 보통 사람은 깨닫기 힘들지. 왜 그 똑똑한 사람들이 더 큰 성과를 거둘 수 있는 일에 종사하지 않고 여행과 여행의 준비에 평생의 정력을 쏟아붓는지 도저히 상상할 수 없다는 거야. 오직 루나치인의 성장에 관해 잘 아는 사람만이 그 이유 없는 생명의 지향을 어느 정도 이해할 수 있어.

루나치에는 거대한 분지가 있는데 다른 곳보다 산소가 풍부하며 토양도 비옥하고 축축할 뿐더러 작은 폭포가 쏟아져 맑은 호수를 이루고 있어. 또한 사시사철 꽃이 만발하고 둥근 모양의 과일나무가 부드러운 풀밭을 둘러싸고 있으며 알록달록한 진균 식물이 곳곳에 피어나 있지. 루나치인들은 모두 그 분지에서 태어나 완벽한 유년을 보내. 그들이 어떻게 이 세상에 왔는지는 아무도 모르지만 그들이 눈을 뜨는 순간, 그 분지는 그들의 삶의 전부야.

그러다가 어떤 이들이 존재의 비밀이나 신이 거처하는 장소를 알고 싶어 하게 되지. 그래서 그들은 키가 자라게 돼. 분지의 비교적 완만한 산비탈의 큰 바위들을 기어오를 수 있을 정도로 말이야. 그래서 그들은 미궁 같은 빽빽한 숲으로 들어가 산비탈을 올라 곧장 분지 바깥으로 나가. 그들은 자신들의 나이를 정확히 말하지 못해. 사람마다 자라는 시점이 다르고 그 일이 언제 일어나는지 아는 사람이 없기 때문이야.

분지를 나온 뒤 그들은 계속 걷고 또 걷지만 아무것도 찾지 못해.

그 전에 나온 사람들을 만나게 되어도 그들 역시 여전히 무언가를 찾는 중이야. 여정은 여전히 여정이고 비밀도 여전히 비밀이라는 것을 알게 되지. 그래서 루나치인의 삶은 여행의 연속이야. 그들은 이곳에서 다른 곳으로 영원히 멈추지 않고 이동하지. 그들은 차와 배와 비행기를 만들어 최대한 걸음에 박차를 가해 그 행성을 두루 누비고 하늘 끝까지 닿으려 하지.

그러다가 어느 순간, 우연히 그들 중 몇 명이 외진 오솔길을 따라가다가 어느 산속에서 신기한 은빛 꽃이 활짝 피어 황홀한 향기를 풍기고 있는 것을 발견하지. 그 향기는 그들을 아찔하게 만들고 그들 사이에 과거에는 경험해본 적이 없는 부드러운 감정을 빚어내. 그들은 처음으로 서로에게 끌려 애무하고, 결합하고, 자신을 바치지. 그러고 나서 그들은 물가에서 아기를 낳는데 그 아기는 계곡물에 실려 폭포 밑 분지로 흘러가게 돼. 그들 자신은 쌍쌍이 죽어서 진흙 속에 깊이 가라앉고.

이렇게 해서 이토록 단순한 순환이 루나치인의 여행과 삶의 전적인 의미를 이루게 되지.

옌옌니

성장에 관해 몇 가지 짧은 이야기를 더 해줄 수 있어. 그 첫 번째는 옌옌니야.

옌옌니인의 나이는 첫눈에 알아볼 수 있어. 그들은 나무처럼 영원히 쉬지 않고 자라기 때문에 키가 바로 세월의 지표거든. 매년 그 전해보다 훌쩍 자라 있지. 어른은 아이보다 몇 배나 크고 젊은이와 노인은 30센티미터 자 열 개 정도는 차이가 나. 꽤 나이 많은 사람은 주변 사람보다 머리 몇 개는 더 커서 외롭게 우뚝 서 있는 느낌이지. 그래서 옌옌니인의 세상에서는 나이 차이가 많이 나는 사람끼리 친한 경우는 거의 없어. 자기보다 훨씬 나이 많은 사람과 대화하는 것은 너무 고단한 일이거든. 오래 이야기하다 보면 머리를 치켜들고 있는 쪽이 어깨와 목에 통증이 오기 마련이지. 게다가 사실 옌옌니인들은 연령대가 다르면 별로 나눌 말이 없기도 해. 집의 높이도 다르고, 물건을 사는 진열대도 다르고, 또 이 사람은 저 사람의 허리띠밖에 안 보여서 서로 표정조차 확인할 수 없기 때문이야.

옌옌니인은 결코 무한대로 자라지는 않아. 언젠가 아침에 일어나 자기 키에 변화가 없다는 것을 깨닫고 그런 날이 며칠 계속되면 그들은 자기가 곧 죽는다는 것을 알게 되지. 하지만 그리 상심하지는 않아. 키가 크다는 것은 사실 힘든 일이어서 많은 이들이 피곤함을 느끼고 어떻게든 성장을 멈추고 싶어 하기 때문이야. 그들에게 죽음은 기나긴 과정이야. 하지만 구체적으로 얼마나 키가 커야 죽을 수 있는지는 아무도 몰라. 그래서 그들은 계산하기를 포기하고 그냥 더 자라지 않게 되는 날에 자신의 마지막 나이가 결정된다고 생각하지. 그들의 입장에서 시간은 키의 변화이고 성장이 멈추면 시간도 멈추지.

옌옌니에서 가장 큰 집은 한 세기 전에 지어졌어. 당시 유난히 장수하는 노인이 있었는데 한 해 한 해 지나면서 당시 가장 거대했던 집의 천정까지 정수리가 닿았다고 해. 그래서 사람들은 특별히 그를 위해 일인용 탑을 지어주었어. 그 탑의 밑바닥은 면적이 작은 공원과 맞먹을 만큼 컸지. 그가 죽은 뒤에는 그렇게 오래 산 사람이 아무도 없어서 그 탑을 국립박물관으로 개조했어. 들자하니 그 노인은 탑의 창가마다 일기를 한 권씩 남겨두었다고 해. 거기에는 그의 키가 딱 그 높이였을 때의 생활이 적혀 있었지. 훗날 사람들이 사다리를 타고 올라가서 갖고 내려와 읽었는데 여러 사람 손을 거치다가 그만 분실되고 말았어. 그래서 요즘 사람들은 어쩔 수 없이 텅 빈 창가 옆에 오래 머물면서 한 걸음에 강을 건너던 그 노인이 매일 어떻게 밥을 먹고 양치질을 했는지 멋대로 상상하곤 하지.

티소아티와 치카우

티소아티와 치카우는 또 다른 한 쌍의 반의어야. 서로 십만 광년이나 떨어진 이 두 소행성은 양극과 음극처럼 서로 반대되면서도 서로를 비추지.

티소아티인은 다른 행성의 주민보다 형체가 작은데 피부가 아주 부드러워 신속하게 형체를 변화시킬 수 있어. 이 라마르크주의•의 행성은 유전자의 발현을 극단까지 끌어올리고 심지어 한계를 초월하게 해서 종의 변화를 개체의 짧은 일생 안에 압축시키지.

티소아티인은 자기가 원하는 대로 변이를 발생시킬 수 있어. 절벽 등반을 연습하는 사람이 팔을 자기 키만큼 늘리기도 하고 기계를 조종하는 사람이 팔을 대여섯 개로 나눠 중요한 밸브 몇 개를 동시에 여닫기도 하지. 거리의 사람들은 저마다 생김새가 아주 다른데 누구

• 라마르크의 획득형질 유전설을 뜻함

는 입이 얼굴의 반을 차지하고, 누구는 허리가 국수 가닥 같아 바람에 이리저리 몸이 흔들리고, 또 누구는 둥근 몸이 갑옷 같은 각질로 덮여 있어. 그들은 평생 그런 변화를 겪기 때문에 다른 이의 얼굴을 보고 그의 부모가 누구인지 맞출 수 없어. 그의 부모조차 서로 오래 떨어져 살면 사람들 속에서 자기 자식을 골라내기 어렵지.

그런데 '원하는 대로' 변이를 발생시킬 수 있다는 것은 사실 정확한 말은 아니야. 티소아티인들 모두가 자기가 변하고 싶은 모습으로 변할 수 있는 것은 아니거든. 대부분의 경우 그들은 자기가 어떤 모습을 원하는지 잘 모르고 있다가 우연히 무엇을 뛰어넘거나 무엇과 충돌했을 때 자기 다리가 길어졌거나 등에 가시가 한 줄로 돋아 있는 것을 깨닫곤 해. 그리고 그렇게 몇 년이 지나면 한 걸음에 이층 건물을 뛰어넘을 수 있는 키다리나 온몸에 날카로운 가시가 덮인 전사로 변신하지.

그래서 많은 티소아티인들은 다른 행성 사람들보다 훨씬 소심하고 신중해. 그들은 조심해서 말하고 일을 하지. 잠들기 전 무심코 익살스러운 표정을 지은 탓에 이튿날 흉악한 몰골이 되거나 얼굴에 커다란 혹이 생겨 돌이킬 수 없게 될까봐 두려워해.

티소아티의 변화한 거리에서 너는 한 사람 한 사람의 생활과 하는 일을 한눈에 알아볼 수 있어. 그리고 그것은 아마 치카우와 티소아티의 유일한 공통점일 거야.

치카우인의 용모도 도망자, 가수, 대장장이, 철학자 등등 매우 여러 가지 유형으로 나뉘어. 그들 간의 차이도 마찬가지로 근육, 형체, 이목구비 등을 통해 분명하게 드러나지. 티소아티의 상황과 무척 비슷해.

하지만 치카우에서 생명의 역정은 티소아티와는 완전히 정반대야.

그곳은 다윈주의의 행성이어서 용불용설의 어떠한 노력도 철저히 부정하지. 치카우에서는 유전자의 변이 확률이 굉장히 낮아. 돌연변이와 자연선택의 원칙에 따라 천천히 변화하고 천천히 분화되지. 하지만 특수한 무성생식으로 인해 치카우인의 체세포 변이는 유전을 통해 지속적으로 발현되고 체내에서 대대로 교체된 그 세포들은 생존의 적응에 대한 자신들의 신념을 고스란히 다음 개체에 전달하지. 그래서 부모의 변천이 계속 자녀의 신체에 이어지게 돼.

그 결과, 대장장이의 아들은 선천적으로 다른 사람보다 건장해졌고 시계공의 딸도 선천적으로 초인적인 시력과 정교한 손재주를 갖게 되었어. 또한 그런 차이가 수천 년간 누적되어 서서히 조정 불가능한 분화를 이루면서 각 직업이 독립적인 종으로 변했지. 심지어 몇몇 직업이 사라졌는데도 그에 대응하는 종은 여전히 남아 발양되었어.

그 지적인 종들을 연결해주는 것은 언어야. 단지 통용되는 문자와 동일한 염색체 숫자만이 서로의 근원이 같다는 사실을 그들이 인정하게 해주지. 그것을 빼고는 그들 사이에는 공통점이 전무해. 아무도 다른 사람의 일을 부러워하지 않지. 원숭이가 공룡을 부러워할 리가 없는 것처럼 말이야. 새는 하늘에서 살고 물고기는 바다에서 살 듯이 그들은 같은 도시에서 서로 어깨를 스치며 살면서도 상대방을 본체만체하지.

티소아티인은 종의 진화를 수억 번 실행했지만 진정한 진화는 거부했어. 어떤 모습으로 변해도 그들의 태아는 여전히 동글동글한 원시의 형태를 갖고 있거든. 그런데 치카우인은 완전히 정반대야. 그들의 각 개체는 분화와 변천을 느끼지 못했지만 천지가 뒤바뀌는 기나긴 세월 속에 끊이지 않고 여러 곡선이 그려졌지.

"거짓말!"

너는 작은 입을 삐죽 내밀고 말했어.

"같은 우주에 어떻게 서로 반대되는 두 법칙이 있을 수 있죠?"

왜 있을 수 없니, 내 귀여운 공주님. 불가능한 것은 없어. 아무 의미 없는 작은 발걸음도 계속 이어지면 법칙이 되곤 하지. 네가 지금 웃거나 눈썹을 찌푸리는 것도 장차 두 가지 결말, 두 가지 법칙이 될지 몰라. 하지만 지금 너는 그걸 알 수 없지.

"그런 건가?"

너는 어떤 생각이 난 듯 고개를 갸우뚱하고 묻고는 한참을 아무 말도 하지 않았어.

나는 네 모습을 보면서 슬며시 웃었어. 네가 앉은 그네가 천천히 흔들리고 바람에 네 귓가의 가는 머리카락이 살랑였지. 사실 문제의 핵심은 번식이야. 다만 그런 답은 너무 재미가 없어서 네게 들려주고 싶지 않아. 혹시 그걸 아니? 진정한 핵심은 내 말이 진실인지 아닌지에 있지 않고 네가 믿는지 안 믿는지에 달려 있어. 처음부터 끝까지 이야기를 이끄는 것은 입이 아니라 귀란다.

친카

입과 귀는 오직 친카에서만 진정으로 존재의 의미가 있어. 친카인들에게 말은 소일거리가 아니라 생존의 필수 요소거든.

친카의 모든 것은 그리 특수한 편은 아니야. 다만 대기의 농도가 너무 짙어서 빛조차 투과하지 못해 행성 표면이 온통 깜깜하지. 친카의 생명은 따뜻하고 걸쭉한 유기물의 거대한 물결 속에서 태어나며 마그마에서 에너지를 얻고 끝없이 솟구치는 지열의 불 속에서 목숨을 이어가. 그들에게는 뜨거운 산 중턱이 태양이고 신이 거처하는 곳이며 힘과 지혜의 원천이야. 그리고 그들은 산 중턱 바깥에서 끊임없이 생성되는 스타야 당糖을 채취하는데 그것은 그들의 음식이자 생명의 근원이지.

친카인은 진짜 감광 기관을 가져본 적이 없어. 눈을 갖고 있지 않지. 그들은 목소리로 서로를 찾고 귀로는 듣거나 관찰을 해. 물론 정확히 말하면 그들은 귀도 갖고 있지 않아. 몸으로 모든 것을 감지하지. 그들은 상반신 전체에 사다리꼴 모양의 작은 막들이 가득 붙어 있는데 막마다 달린 수천 가닥의 서로 다른 길이의 줄들이 다양한 주파수의 소리들과 공명을 해. 그리고 막에 기록된 위상차位相差가 대뇌에 모여서 음원의 위치를 가리켜 거리를 판단하게 해주고 물체의 정확한 성질과 형상까지 가늠하게 해주지.

그래서 친카인은 매일 쉬지 않고 말하고 또 쉬지 않고 남의 말을 들어. 그들은 소리를 내서 다른 사람의 존재를 감지하고 또 다른 사람이 자신의 존재를 감지하게 하지. 그들은 침묵할 수가 없어. 침묵하면 위험해지거든. 침묵은 그들을 공포에 빠뜨리지. 오로지 계속 떠들어야만 자신의 위치와, 자신이 아직 살아 있다는 것을 확인할 수 있어. 그들은 또 큰소리로 말하는데 그래야만 상대방이 더 분명하게 자신을 발견할 수 있기 때문이야.

간혹 성대에 결함이 있는 아이들이 있기도 하지만 그들은 거의 살아남지 못해. 잘못하면 옆에서 달려드는 덩치 큰 사람과 부딪쳐 쓰러지기 일쑤거든. 남들은 심지어 그런 아이가 있었다는 것조차 알지 못해.

"이건 너무 슬프잖아요. 얘기가 왜 갈수록 짧아지고 또 갈수록 슬퍼지는 거예요?"

슬프다고? 내 얘기가 슬프다는 거야, 아니면 네가 들은 얘기가 슬프다는 거야?

"그게 뭐가 다른데요?"

당연히 다르지. 나는 또 다른 행성에 간 적이 있었는데 그곳 사람들은 만 가지의 다양한 주파수를 가진 소리를 낼 수 있었지만 그중의 아주 일부만 들을 수 있었지. 귀의 공명이 목의 진동에 한참 못 미쳐서 언제나 들리는 것이 말하는 것보다 적었어. 그런데 흥미롭게도 각자 받아들이는 주파수가 달라서 그들은 늘 자기가 똑같은 노래를 듣고 있다고 생각했지만 사실은 천 명이면 천 명이 다 각자 다른 노래를 들었지. 그 사실을 아는 사람이 없었을 뿐이야.

"또 나를 속이는 거죠? 세상에 그런 곳이 어디 있어요?"

너는 입술을 깨물며 눈을 동그랗게 떴어.

"이제 의심이 들기 시작했어요. 정말 그 행성들을 가본 게 맞아요? 나를 즐겁게 해주려고 지어낸 거 아니에요?"

내 사랑하는 공주님, 오셀로부터 시작해서 기사들은 모두 먼 곳의 신기한 이야기로 마음속의 아가씨를 감동시켰지. 너는 내 이야기들 중에 어느 것이 진짜이고 어느 것이 가짜인지 맞출 수 있니? 내가 그 행성들 사이를 여행한 일이 마치 마르코 폴로와 그가 갔던 도시들, 그리고 쿠빌라이 칸과 그가 무력으로 굴복시킨 영토처럼 눈을 떴다가 감는 순간마다 하나씩 떠오르는구나. 너는 내가 진짜 가본 적이 있다고 말할 수도 있고, 내가 아예 떠난 적도 없다고 말할 수도 있어. 내가 얘기해준 행성들은 우주의 구석구석에 흩어져 있지만 때로는 갑자기

한군데로 모이지. 꼭 원래부터 같이 있었던 것처럼.

이 말을 듣고 너는 깔깔대며 웃었어.

"알았어요. 그것들은 당신 이야기 속에 모였고 지금은 나한테 그 이야기를 해줬으니까 이제는 내 머릿속에 모여 있네요. 내 말이 맞죠?"

나는 네 미소를 바라보면서 속으로 살며시 탄식을 했어. 그것은 소리를 내지 않았고 너는 내 웃는 얼굴에서 아무 단서도 발견하지 못했지. 어떻게 말해야 할까. 네게 어떻게 알려줘야 할까. 그것들이 서로 떨어질 운명이라면 이야기는 어떤 것도 모을 수 없다는 것을.

맞다고 나는 조용히 말했어. 우리는 여기 앉아 오후 내내 이야기를 했으므로 우리에게는 하나의 우주가 생긴 거야. 다만 그 이야기는 내가 네게 말해준 게 아니야. 이 오후에 너와 나는 다 이야기하는 사람이자 또 듣는 사람이지.

진자린

진자린은 내가 오늘 네게 얘기해줄 마지막 행성이야. 이야기가 짧아서 금세 끝날 거야.

진자린인은 내가 얘기해준 다른 행성의 주민들과는 사뭇 다른 외모를 갖고 있어. 그들의 몸은 부드러운 기구氣球나 공기 중에 떠다니는 해파리 같아서 투명하고 골격이 느슨해. 또한 그들의 표피는 세포막과 비슷한, 유동적인 지방층인데 쉽게 투과되지는 않지만 다른 지방층과 만나면 융합하여 흐트러지지.

두 진자린인이 서로 지나치다가 신체의 일부가 잠깐 겹쳐지면 내부의 물질이 한데 섞였다가 두 사람이 떨어지면서 다시 나눠지지. 그래서 진자린인은 자기 몸을 그렇게 중요하게 생각하지 않아. 지금 자기 몸속에 길에서 마주친 사람의 물질이 얼마나 섞여 있는지 자기 자신도 정확히 말하지 못해. 그들은 자기가 아직 자기이기만 하면 물질을 좀 교환해도 별로 상관없다고 생각하지.

다만 그들은 사실 자신의 '자아'가 착각일 뿐이라는 것을 알지 못해. 겹쳐지는 그 순간, 최초의 두 사람은 존재하지 않게 되지. 그들은 하나의 복합체를 이뤘다가 다시 갈라져 새로운 두 사람이 된 거야. 새로운 사람은 서로 마주치기 전의 모든 것을 알지 못한 채 자기가 자기이며 줄곧 변한 적이 없다고 생각하지.

너는 아니? 네게 이 이야기를 들려준 뒤에, 또 네가 내 이야기를 다 들은 뒤에 나는 더 이상 내가 아니고 너도 더 이상 네가 아니라는 것을. 우리는 이 따스한 오후에 시공간의 한 점에서 겹쳐졌고 그 후로 너와 나의 몸은 상대방의 분자를 갖게 되었어. 우리가 이 대화를 까맣게 다 잊게 되더라도.

"그러니까 그 진자린이 바로 우리의 행성이라는 건가요?"

우리의 행성? 너는 어느 행성을 말하는 거야? 어느 행성이 우리에 속했었지? 혹은 우리가 어느 행성에 속했었지?

내게 그 행성들의 좌표를 묻지는 말아줘. 그 숫자들은 우주에서 가장 오래된 잠언이며 그 행성들은 네 손가락 사이의 공기여서 네가 힘껏 끌어안아도 팔을 펴고 나면 역시 아무것도 없을 테니까. 너와 나는 그것들과 시공간의 동일한 점에서 만났다가 끝내 다시 멀어졌을 뿐이지. 우리는 결국 여행자일 뿐이야. 무슨 뜻인지도 모르는 노래를 부르며 칠흑 같은 밤하늘을 떠돌 뿐이야. 너는 그것들이 바람 속에서 노래 부르는 것을, 머나먼 고향의 바람 속에서 노래 부르는 것을 알고 있어.

G는 여신을 상징한다

G 代 表 女 神

—

천주판

□

G여사라는 이름으로 전 인류에게 숭배를 받는 그녀는 본래 평범하기 그지없는 이름을 갖고 있었다. 그녀는 금세기 초 대공황 시기에 공작화가 활짝 피는 바닷가 도시에서 태어났다. 그녀의 양친은 둘 다 일반 사무원이었으며 재난을 피하고 생계를 꾸리기 위해 여러 곳을 전전하다 그곳에 자리를 잡았는데, 마침 공작화의 꽃말인 '도망'과 딱 맞아떨어졌다.

그녀의 부모는 딸이 태어난 것을 크게 반겼다. 당시의 사회구조에서 여성은 대부분 경제적 지위와 가정에서의 위치 면에서 이중으로 우대를 받았기 때문이다. 또한 다른 한편으로 부모 자신들의 유전적 성질에 자신감도 있었다. 그러나 의사의 한 마디는 딸의 향후 인생에 대한 그들의 장밋빛 기대를 산산조각 냈다.

"준비를 해두셔야 합니다. 따님은 불임입니다."

의학적으로 불임의 원인은 헤아릴 수 없이 많지만 G여사는 상대적으로 심각한 종류에 속했다. 자궁과 음도에 선천적인 결함이 있었다. 그것은 월경이 없고 정상적인 성생활과 생육이 불가능하다는 것을 뜻했다. 하지만 다행히도 난소는 멀쩡해서 이차 성징의 발현에는 지장이 없었으며 인공수정과 대리임신으로 아이를 얻을 수도 있었다.

"성년이 된 뒤에 수술로 기관을 재건하면 정상적인 가정생활을 할 수 있을 겁니다."

의사가 위로하며 말했다.

임신촉진제를 먹은 적도 없고 가족 중에 간질 환자도 없었지만 G여사의 부모는 그 불행을 운명의 탓으로 돌리고 묵묵히 받아들일 수밖에 없었다.

성 관련 지식을 접하지 못하도록 부모가 애쓰기는 했지만 G여사는 결국 열세 살 때 자신과 다른 여자들의 근본적인 차이점을 발견했다.

"엄마, 애들이 계속 피를 흘려."

어느 날 G여사는 두려움에 가득 차 학교에서 돌아왔다.

어머니는 온갖 상상력으로 아름다운 동화를 지어내 그녀를 안심시켰다.

"순결한 천사가 너를 더럽고 사악한 것들에게서 지켜주는 거야. 적어도 열여덟 살이 되기 전까지."

G여사는 질투와 부러움을 샀다. 성가신 생리통이 없어 체육 성적이 좋았으며 주기적으로 원인불명의 정서 불안이 찾아들기는 했지만 다른 여자애들보다 침착하고 진중했기 때문이다. 그녀는 조심조심 자신의 비밀을 지켰다. 여자애들은 걸핏하면 자신들과 다른 아이를 배척할 뿐만 아니라 무리에서 벗어난 외기러기 신세가 되면 끝이 좋을 리가 없다는 것을 본능적으로 알고 있었다.

그녀의 호기심과 초조함은 나이가 들면서 나날이 심해졌다.

그녀는 도서관과 인터넷에서 많은 성생리학 지식을 얻었고 거의 절망에 빠졌다. 과학기술이 비약적으로 발전하지 않는 한, 자기 인생에서 진정으로 성적 오르가즘을 체험할 가능성이 극히 희박하다는 것을 알았다. 하지만 그녀가 태어난 지 십육 년이 지났는데도 의사들은 남성의 욕구만 만족시켜주는 구멍과 틈이나 만들고 있으면서 그것들로 정상적인 인생을 살게 해주겠다고 큰소리를 쳤다.

곧 열일곱 살이 되는 문턱에서 그녀는 그 남자아이를 만났다. 그들은 쪽지를 주고받고, 전화를 하고, 약속을 잡고, 영화를 보고, 키스를 했다. 그렇게 연인들 사이의 모든 일을 했다. 그녀는 곧 자기가 이른바 '정상적인 인생'을 살 것이라고 거의 믿을 뻔했다. 그가 그녀의 팬티 속에 손을 넣었다가 놀라 도망치기 전까지는.

그녀에 관한 소문과 별명이 삽시간에 교내에 퍼졌다. 그녀는 울었고 자살을 생각했다. 하지만 결국 자살하지는 않았다. 일종의 자생적인 페미니즘적 사유가 싹트기 시작했고 그녀는 어느새 자기 인생에서 선택의 기로에 섰다.

"펠라치오라고 들어봤니?"

의사가 진지한 표정으로 그녀에게 물었다.

"조사에 따르면 67프로가 펠라치오를 한 적이 있고 34.8프로는 펠라치오가 더 만족스러운 섹스 행위라고 생각한다는구나."

그녀는 의사의 벗겨진 머리를 보고 있었고 그 통계의 남녀 비율에 대해서는 묻지 않았다.

"구강 점막을 음도에 이식하는 시술은, 먼저 음도를 만든 뒤 자신의 구강 점막을 떼서 새로 만든 음도 안에 붙이지. 2주 후면 점착이 끝나고 30일 후면 섹스를 할 수 있어. 이물감이 없고 출혈과 염증이 적지. 구강 점막과 음도 점막은 본래 같은 조직이어서 아주 감쪽같을 거야. 밑에 입이 하나 더 생기는 셈이지."

"오르가즘은 정상적으로 느낄 수 있나요?"

"우리는 치아 미백과 충치 치료가 포함된 구강 관리 서비스도 제공하고 있어."

의사는 그녀의 말을 못 들은 듯했다.

"수술 후 회복 단계에는 시뮬레이션 기구나 위생 면봉으로 적응 연습을 제공할 거야. 그건 무료지."

"오르가즘을 느낄 수 있냐고요, 선생님?"

"여성의 85퍼센트는 평생 오르가즘을 못 느껴. 이에 대해서는 난할 수 있는 게 없어."

의사는 어깨를 으쓱 올렸다.

그녀는 누군가의 무감각한 섹스돌이 되는 것을 거절했다. 그 사람이 내막도 모르고 그녀의 영혼에 반해 멋대로 그녀의 환심을 사려고 할지라도 마찬가지였다. 그것은 여성의 존재 의미가 아니었다.

G여사는 우울한 중고 시절을 마감하고 단발머리와 중성적인 차림으로 대학 문에 들어섰다. 처음부터 몇몇 레즈비언 동아리가 그녀에게 접근해 서로 쟁탈전을 벌였다. 그녀는 실제로 몇 명의 여성과 깊고 우호적인 관계까지 발전하기도 했지만 그런 방식은 결코 그녀의 갈망을 만족시키지 못했다.

"대학 시절은 인격과 가치관을 형성하는 중요한 시기이므로 과감히 시험에 나서 인생의 방향을 찾아야 한다"고 어느 교수는 말했다.

G여사는 그 말을 충실히 따랐다. 각국의 에로영화를 연구하고 마

리화나를 피워봤으며 SM도 해보았다. 한 번은 질식 게임을 하다가 하마터면 정말 죽을 뻔하기도 했다. 하지만 그녀는 시험을 해보면 해볼수록 불만을 느꼈다. 마치 퍼즐을 맞출 때 한 조각이 모자랄 때처럼 다른 뭔가의 매력에 주의력을 빼앗길수록 어서 그것의 완전한 면모를 알고 싶어 극도의 흥분에 휩싸였다.

결핍은 모든 행위의 원초적 동력이다. 프로이트의 이 말은 그녀의 사례에서는 전적으로 옳았다.

G여사는 외부 세계에서 자기 마음으로 방향을 돌렸다. 더는 한계치를 높이는 갖가지 자극적인 체험에 연연하지 않았다. 그런 체험은 만족을 얻는 것을 점점 더 어렵게 만들 뿐이라는 것을 깨달았기 때문이다. 그녀의 전공은 철학이었다. 그녀는 형이상학적 사변 속에서 그 모자란 퍼즐 한 조각을 찾으려 했다. 하지만 안타깝게도 플라톤부터 아우구스티누스, 칸트, 라캉, 지젝, 상길가조桑吉嘉措•에 이르기까지 이념 세계의 판도는 끊임없이 무너지고 재구축되다가 끝내는 망망한 허무로 귀착되었다. 그녀는 전력을 다해 찾아 헤맸지만 감미로운 샘물을 발견하지는 못했다.

햇빛이 따사로운 어느 일요일 아침, 그녀는 바람 속에 전해오는 교회 종소리를 듣고 가슴이 뛰었다.

신앙은 일종의 타고난 재능이다. G여사는 캠퍼스 내의 여러 종교 동아리에 들어가 신도들과 밤을 새며 긴 대화를 나눈 끝에 이런 결론을 얻었다. 어떤 사람들은 다른 사람들보다 더 쉽게 종교에서 평안과 승화의 느낌을 얻었다. 아마도 대뇌의 모델이 그런 작용을 하는 듯

• 1653~1705, 티베트의 정치가, 학자. 역사, 종교, 의학, 천문학, 역법, 법률 등을 아우르는 20여 권의 저작을 남겨 티베트 문명을 집대성했다고 평가받는다

했다. 그 신도들은 삶의 중요한 선택을 할 때 기도의 의식을 통해 '신성의 현현'과 유사한 일종의 신경증을 얻어 신의 명의로 결정을 내리곤 했다.

그녀는 수많은 자료를 검색하여, 대뇌피질을 전기로 자극하고 대량의 엔돌핀을 첨가하면 등가의 반응을 일으킬 수 있다는 것을 알았다.

그것은 스스로 필요한 메뉴를 갖춰놓기만 하면 그녀도 신도가 될 수 있음을 의미했다.

그녀는 자신을 숭배하던 여자 의대생을 살짝 이용하기로 했다. 그래서 우여곡절 끝에 필요한 측정 기구와 약물을 얻었다. 두 사람은 법적 효력이 없는 면책 계약서에 사인을 하고 의미심장한 키스를 나눠 이중의 보험으로 삼았다.

어둠 속에서 G여사는 자신의 심장이 크고 빠르게 뛰는 소리를 들었다. 그것은 마치 원시 부락에서 울리는 북소리 같이 모닥불처럼 요동치고 보아뱀처럼 칭칭 감겼다.

"시작할게."

가짜 세례자가 말했다.

G여사는 돌연 몸이 쿵 흔들렸다. 한 줄기 전류가 혼돈의 머릿속을 가로질렀다. 마치 흰 비둘기가 이마에 내려앉아 두개골로 파고든 뒤, 목으로 내려가 척수를 통해 온몸으로 퍼지는 듯했다. 그녀는 아래턱을 조금 벌리고 있었다. 얼굴의 근육이 부르르 떨리고 눈가에 눈물이 가득 고였다. 거대한 행복감이 그녀의 각 신경말단으로 밀려들었다.

그녀는 일찍이 그렇게 평화롭고 편안한 느낌을 가져본 적이 없었다. 마치 몸속에서 큰 문이 활짝 열려 끝없이 광대한 시공으로 통하게 된 듯했다. 밝고 따뜻한 그곳에서는 생명의 조각들이 갠지스강의 무수한 모래처럼 찬란하게 반짝이며 서서히 넘실댔다.

그녀는 눈물을 흘리며 인공의 신을 향해 소원을 빌었다. 부디 오르가즘을 허락해달라고. 음도나 남자나 기구의 도움이 필요 없는, 진정으로 자유로운 오르가즘을 허락해달라고.

그녀는 지각을 잃었다.

깨어났을 때 실험실 안에는 아무도 없었고 한참이 지나서야 그녀는 자기가 어디에 있는지 생각이 났다.

그녀는 비틀거리며 빌딩을 나왔다. 몸이 이상하게 뜨거웠다. 한밤의 캠퍼스는 텅 비어 있었고 발정 난 들고양이만 이따금 길을 지나갔다. 그녀는 호숫가로 천천히 걸어갔다. 나무 그림자가 어지러웠으며 달빛이 물처럼 맑았다. 그녀는 옷 속의 피부가 당기고, 뜨겁고, 끈적끈적해서 감촉이 영 이상했다. 그래서 옷을 벗고 자세히 살폈다. 한 줄기 밤바람이 스쳤고 달빛 아래 그녀의 몸이 호수의 잔잔한 물결처럼 드러났다. 그런데 본래 거울처럼 고르고 판판했던 피부에 온통 주름 모양의 돌기가 솟아 있었다.

놀라고 두려운 나머지 그녀는 손가락 끝으로 그 돌기를 건드렸다. 그러자 과거에 느껴보지 못한 강렬한 쾌감이 전류처럼 온몸에 퍼졌다. 그녀는 하마터면 고함을 지를 뻔했다. 또 한 차례 바람이 불자 그녀의 몸이 밭의 보리이삭처럼 오르내렸다. 마치 그 작은 돌기 하나하나마다 강력한 위력을 지닌 쾌감의 지뢰가 묻힌 채 폭발을 기다리고 있는 듯했다.

그녀는 숙원을 이뤘다.

비가 부슬부슬 내리기 시작했다.

빗방울이 중력의 가속도를 띤 채 하얗고 서늘한 달빛을 통과하여 그녀의 피부에 생긴 구릉들 위에 떨어졌다. 그것은 또 다른 종류의 쾌감이었다. 신속하고 집중적이었으며 폭발의 위력이 점에서 선으로, 또 면으로 퍼졌다. 그녀는 시간 감각을 상실했다. 빗방울 하나하나가 동시에 적중되고 또 동시에 비산하여 탄알처럼 몸을 관통하는 것 같았다. 그녀는 심한 통증을 느꼈고 바로 심한 허탈감이 뒤따랐다. 그리고 체액에 빗물이 섞여 그녀의 몸을 부드럽고 매끄럽게 감쌌다. 그녀는 도움을 청하고 싶었지만 그럴 수가 없었다. 금방이라도 죽을 것만 같았다.

비가 그쳤다.

G여사는 지나가던 사람에 의해 병원으로 옮겨졌다. 겉으로는 아무 상처도 없었던 그녀는 몇 개 과를 돈 끝에 신경과 의사인 S의 손에 맡겨졌다. 간단한 진찰과 질문을 한 뒤, S는 보물을 얻은 듯 당장 다른 예약 환자들을 다 물리고 문을 걸어 잠그고서 본격적인 검사에 돌입했다. 뇌전도, CT 촬영, 기능적 MRI에서는 다 이상이 발견되지 않았다. S는 라텍스 장갑을 낀 채 반복적으로 G여사를 부풀게 하고, 분비하게 하고, 전율하게 하고, 허탈하게 만들었다. 그가 마른 장갑을 다시 갈아 끼었다. 마치 사타구니에 그 물건이 없는 것처럼 내내 담담한 표정이었다.

그는 처음으로 G여사를 오르가즘에 이르게 한 남자였고 앞으로도 멈출 생각이 전혀 없어보였다.

그녀는 어떤 이상한 느낌을 억제할 수 없었다. 그 남자가 달라졌다. 고환으로 테스토스테론을 분비하는 다른 40억 명의 생물과 달랐는데, 어디가 다른지는 설명할 수가 없었다. 그가 그녀를 만지는 순간, 세상이 클라인의 항아리* 모양으로 비틀어졌다. 적어도 그가 메스를 들기 전까지는.

"당신은 알고 있나요?"

S가 말했다.

"그들은 G스팟의 위치에서 더 많은 신경말단을 찾아낸 적이 없어요. 당신은 혁명을 가져올 겁니다."

G여사는 결코 인민을 이끄는 자유의 여신이 되는 것을 갈망하지 않았다. 지식욕이 왕성한 그 남자가 결코 사랑이나 성을 갈망하지 않는 것처럼. 이미 과도하게 분비된 체액이 S의 품에서 미끄러져 빠져나오도록 도와주었다. G여사는 오르가즘의 환각에서 필사적으로 벗어나 문 쪽으로 달려가 도망쳤다.

그녀는 전라의 몸으로 체액을 증발하며 달리고 있었다. 그 시절에는 그런 행위가 크게 특별하지 않아서 오직 교통 당국의 단속만 염려될 뿐이었다. 인간 대뇌의 한계가, 동시에 도로 상황과 달리는 나체 여성에게 주의가 쏠리는 일을 막았다.

갓길에서 공중순찰기가 G여사를 가로막았다. 그녀의 나체 영상이 여러 각도로 찍혀 15킬로미터 밖의 감시 스크린으로 전송되었고 전자 합성음이 그녀에게 신분증을 요구했다. 그녀는 고개를 돌려 길가의 비탈을 슬쩍 바라보았다. 그런데 그 동작이 포착되고 확대되어 달아날 의도가 있는 것으로 여겨져 순찰기에서 고압 전류가 발사되었다. G여사는 불꽃이 번쩍이자마자 비명을 지르며 쓰러졌다.

스크린이 64개의 네모칸으로 나누어져 다양한 각도와 기준과 해상도로 동일한 육체를 보여주었다. 살색의 물결이 네모칸 사이를 넘나

---

* 뫼비우스의 띠와 같이 바깥쪽과 안쪽을 구별할 수 없는 단측곡면의 한 예

들며 넘실거렸다. 그것은 심상치 않은 경련이었다. 감시원이 벌떡 일어나는 바람에 의자가 뒤로 넘어가 요란한 소리를 냈다. 그는 어딘가로 전화를 걸었다.

정신을 차린 뒤 그녀는 자기가 병상에 묶여 있는 것을 알았다. 침대 옆에는 각종 측정기가 놓여 있었고 사방은 온통 흰색의 벽이었다. 방 안에는 세 남자가 있었다. 한 명은 의사로 보였는데 그녀 몸에 붙은 전극을 제거하고 있었다. 또 한 명은 비스듬히 선 채 시가를 쥐고 있었는데 불은 붙이지 않은 채 곁눈으로 그녀를 살피고 있었다. 눈빛이 착잡해보였다. 그리고 배가 불룩하게 나온 세 번째 남자는 소파에 몸을 파묻고 있다가 그녀가 깨어난 것을 보고서 관심을 보였다.

"우리가 당신을 잘 치료해줄 거요. 조직의 이름으로 보장하지."

G여사는 힘이 없어 간신히 한 마디를 쥐어짜냈다.

"필요 없어요."

서 있던 남자와 앉아 있던 남자가 눈빛을 교환한 뒤 웃었다.

G여사가 몸부림치며 일어나려 하자 서 있던 남자가 손짓을 했고 의사가 바로 결박대를 풀어주었다. 그녀는 자기가 연한 하늘색 환자복을 입고 있다는 것을 알았다. 그 옷은 넉넉하기는 했지만 피부와의 마찰을 피하기가 어려웠다. 그녀가 몇 번 신음을 하자 세 남자는 동시에 어색해하며 자세를 바꿨다.

연한 하늘색 위로 점점이 젖은 흔적이 나타나 둥근 선 모양을 그렸다.

"새 옷이 필요할 것 같군."

서 있던 남자가 결국 입을 열었다.

사흘 뒤 새 옷이 도착했다. 그것은 싸구려가 아니었고 돈을 주고 살 수 있는 사치품도 아니었다. 오직 G여사를 위해 제작된 옷이었다. 보통의 몸에 붙는 옷처럼 보여도 만져보면 라텍스의 질감이 느껴졌고 특수한 섬유 구조 속에 미세한 공기주머니가 빽빽이 들어 있었다. 혹시 어떤 부분이 힘을 받으면 그 공기주머니의 모양이 변하면서 압력을 신속히 주변으로 분산시킴으로써 G여사의 피부에 가해지는 자극을 최대한 줄여주었다.

심지어 그들은 친절하게도 여러 가지 색깔과 무늬를 보여주며 선택하라고 했다.

G여사는 거울 속에서 자신의 은백색 윤곽을 보고 있었다. 순간 S가 들고 있던 메스가 머릿속을 스쳤다. 일들이 너무 빠르고 촘촘히 진행되는 바람에 그녀는 아직까지 지난 일을 돌아볼 여유가 없었고 그렇게 애써 추구했던 오르가즘은 수시로 그녀의 목숨을 위협하는 불치병이 돼버렸다. 그녀는 자기가 빠르게 늙어가고 있다는 느낌이 들었다. 오르가즘이 끝날 때마다 안색이 환하게 빛나기는 했지만 은밀하게 어떤 형용할 수 없는 것이 바뀌어가고 있었다.

그녀는 S의 불감증도 아마 똑같은 과정을 거쳤을 것 같다는 생각이 들었다.

일주일 뒤, 미스터 M과 P장관이 다시 등장했다. 그들은 계약서 한 부를 꺼내들었다. G여사는 그 두 남자가 자기를 두려워하면서도 표면적인 위엄으로 그 사실을 숨기고 있다는 느낌이 얼핏 들었다. 그래서 일부러 자기 몸을 마찰해 그들이 거북한 반응을 보이는 것을 확인했다. 그녀는 웃었다. 속으로 지금이 자기가 태어난 후로 가장 정상적인 여인에 가까워진 때라고 생각했다.

계약서는 연예 매니지먼트 위탁서와 유사했지만 훨씬 길고 장황했다. G여사는 여러 번 반복해 읽었지만 요점 파악이 잘 안 됐다. 미스터 M이 계약서를 홱 잡아채 방 한쪽에 집어던지더니 그 착잡한 눈빛으로 그녀를 응시하며 말했다.

"당신한테 필요한 건 오르가즘을 즐기는 거잖아. 다른 건 우리가 책임지지."

G여사는 잠깐 골똘히 생각에 잠겼지만 다른 선택의 여지가 없었다. 적어도 그 작고 폐쇄된 방에서는.

"예명이 필요해요."

이 말에 그들은 한참 소리 내어 웃다가 답했다.

"당신은 이미 예명이 생겼어."

G여사의 이름은 상류사회에 은밀하게 퍼져나갔고 초대 형식의 공연이 열렸다. 비싸고 비밀이 엄수되는 공연이었다. 초대받은 귀빈은 밀폐된 VIP룸에 혼자 들어가 연기를 관람했다. 하지만 육체적 접촉이나 대화는 허락되지 않았다. 시험 운영을 마친 뒤 그들은 옛날 오페라 극장의 U자형 구조를 참고해, 무대를 둥글게 에워싼 박스석을 고안했다. 거기에는 매회 최대 64명이 앉을 수 있었는데 프라이버시가 보장되는 동시에 관람자가 여러 가지 시각 모드를 선택할 수 있었다. 예컨대 360인치 최대화 모드로 확대하면 관람자는 자기가 살색 바다 위에 뜬 채 넘실대는 파도를 보고 있는 듯했다.

그들은 가격 경쟁과 기부 모델까지 고안해 고객들의 소통 욕구를 만족시키는 동시에 이익의 최대화를 구현했다.

G여사는 자기가 바뀌고 있다는 것을 느꼈다.

맨 처음에 그녀는 상태에 진입하기 위해 선글라스와 이어폰을 착용해야만 했다. 그 무대에는 아무도 없었고 흰 조명 외에는 거의 태곳적 우주만큼이나 컴컴했다. 그 어둠 속에 높은 지위와 강한 권력을 지닌 남자들이 숨어 그녀의 오르가즘에 의지해 쾌감을 얻었다. 자연히 그녀는 온몸이 경직되었다. 그들이 요구한 것처럼 온전히 즐길 수가 없었다. 이어폰의 지시대로 따라했지만 갈수록 순수한 희열과는 거리가 멀어져서 결국 외부의 조력으로 목적을 이뤄야 했고 그러고 나서 번들거리는 몸으로 인사를 한 뒤 무대에서 내려왔다.

그들은 계속 배경을 바꿨다. 폭우 속, 밀림, 사막 그리고 해저에서 대형 문어 괴물과 혈투를 벌이기도 했고 벨벳이 깔린 궁전에서 혹형을 받기도 했다. 나중에는 외계 행성의 끈적거리는 소용돌이에서 탈출을 했다. 흡사 지난 세기 1970~1980년대의 B급 에로영화처럼 마지막에는 늘 이중적인 의미의 싸구려 오르가즘으로 끝났다.

G여사는 자기가 다른 사람을 즐겁게 해주는 노리개 같다는 느낌이 드는 한편, 그날 밤 캠퍼스에서의 첫 체험이 영 잊히지 않았다. 그 체험은 심오한 상징적 의미를 갖고 있었다. 바람이 그녀를 어루만졌고 비는 그녀를 희롱했다. 그것은 일반적인 게슈탈트*의 의의를 초월했다. 그녀는 문득 깨달았다. 자기는 이미 어떤 남자도 필요치 않다는 것을. 바람이 그녀의 남자이고, 물이 그녀의 남자이고, 빛이 그녀의 남자였다. 세계 전체가 그녀의 남자였다.

그것은 그녀의 훗날 섹스학 사상의 중요한 명제 중 하나가 되었다.

반면에 그 진짜 남자들은, 세계를 움직이는 그 거물들은 어떠한가. G여사는 선글라스를 벗고 그 허무한 어둠을 똑바로 바라보았다. 마치 그 속에 벌레처럼 숨어 있는 수컷들과 마주보고 있는 듯했다.

* 자신의 욕구나 감정을 하나의 의미 있는 전체로 조직화하여 지각한 것

"당신들은……"

그녀는 입술을 살짝 벌렸다. 이어폰에서 뭐라고 시끄럽게 묻는 소리가 들렸다.

"음경에 기생하는 하등생물일 뿐이야."

그녀의 음성신호 채널이 차단되었다. 세계 각지에서 온 거물들이 자신에 대한 섹스돌의 평가를 듣고 싶어 할 리가 없었다. 하물며 그것이 선의의 평가가 아니라면 더더욱 그럴 것이다. 하지만 이미 새로운 국면이 펼쳐지기 시작했다.

G여사는 시대의 흐름을 포착했다.

전문가들은 세 번째 성의 위기가 이미 도래했다고 말하고 있었다. 성의 안전과 성의 정체성이 테마였던 첫 번째, 두 번째 위기가 기술의 진보 덕분에 무사히 지나갔다고 한다면, 세 번째 위기는 인류의 성적 감각에 문제가 생긴, 근본적인 타격이어서 쉽게 피해가기가 힘들었다. 성욕의 감퇴, 출생률의 하락, 인구의 노령화, 중성화의 추세 등은 표면적인 현상일 뿐이었다. 더 치명적인 것은 인류의 종으로서의 진화를 가능케 하던 추동력의 상실, 구체적으로 말하면 음경의 노쇠와 이완이었다. 그것이야말로 가장 무시무시한 일이었다.

어떠한 약물과 도구로도 성적 흥분을 촉발할 수 없게 되었을 때, 사람들은 G여사를 발견했다. 그녀는 하늘이 내린 은총이었다.

그로 인해 몸값이 치솟은 G여사는 그 점을 감지해 적절히 이용했다.

그녀는 스스로 배경을 다시 디자인하기 시작했다. 버스에서의 마찰, 패스트푸드점에서의 만남, 운동장에서의 기구 훈련 등등, 극적 효과와 시각적 충격이 모자란 그 배경들은 계속 불만을 샀지만 훗날

학자들의 귀중한 연구 자료가 되었다. 그들은 그 일상적인 배경들에 청소년기 G여사의 억압된 성적 환상이 반영되었다는 데 의견을 같이 했다.

그녀는 자신을 구경하러 온 고객들에게 그 업종의 옛날 전통처럼 스포트라이트 아래에서 모두 가면도 쓰지 말고, 중간에 단방향 유리도 두지 말 것을 요구했다.

그 요구는 큰 파문을 일으켰다. 많은 이가 프라이버시 침해라고 생각해 화를 내며 자리를 떴다. 하지만 다시 돌아와서 돈을 더 낼 테니 얼굴을 가릴 수 있는 특권을 달라고 했다.

"특권도, 예외도 없어요."

G여사는 그렇게 말했다.

미스터 M과 P장관은 이제 리모콘이 자신들의 손에서 떠났음을 깨달았다.

G여사는 무선 포스 피드백 장갑을 보완물로 제공했다. 고객은 특정 시점에 그 장갑을 끼고 가상으로 G여사의 몸을 만짐으로써 상응하는 피드백을, 심지어 축축한 느낌까지 감지할 수 있었다. 그 업그레이드 된 서비스는 열렬한 성원을 얻었다.

이어서 그녀는 각 VIP룸의 창문 밖에 램프를 설치하여 고객이 발기했을 때는 램프가 초록색으로, 사정했을 때는 램프가 붉은색으로 변하게 했다. 그러고 나서는 방 안에 자기 체액에서 추출한 페로몬 향수를 뿌려주곤 했다.

G여사는 그렇게 게임의 규칙을 바꿨다.

이제는 그녀가 주인이 되었다.

그 일상적인 배경들 속에서 일단 자극을 받으면 그녀는 임의로 고객의 이미지를 떠올 수 있었다. 어둠 속에서 남자들의 얼굴과 반신과 나신이 떠다니며 그녀의 눈동자의 움직임에 따라 커지고, 작아지고, 구부러지고, 늘어났다. 그리고 그녀는 신음하고, 몸부림치고, 떨고, 피부에 태풍처럼 소용돌이를 일으키면서 그 초록색 램프들이 깜박이고, 켜지고, 붉어지고, 꺼지는 것을 보았다. 동시에 그 남자들의 미세하게 다른 반응들이 중력과 승강이를 벌이고 시간과 싸우다가 결국에는 거친 헐떡임으로 변해 허무 속으로 잦아드는 것을 감지했다.

그녀는 자기가 동물조련사인 것 같기도 했고 과학자인 것 같기도 했다. 그녀는 지치지도 않고 자신의 육체와, 음경에 기생하는 그 생명들과, 또 그 양자 간의 밀접한 관계를 계속 연구했다.

그 사람이 나타날 때까지는.

그 사람의 램프는 시종일관 초록색이었다. 다른 램프들이 야간 항로처럼 하나씩 붉은색으로 변했다가 다 꺼질 때까지도 그의 램프는 계속 켜져 있었다.

G여사는 그의 이미지를 떠워 확대했다. 전혀 남다른 데가 없는 얼굴과, 비례가 잘 안 맞는 넉넉한 특제 바지에 심상치 않은 비밀이 숨겨져 있었다. 그녀는 이미 알고 있는 수단을 다 동원했지만 끝내 그의 램프를 붉은색으로 바꾸지 못했다. 그 사람이 방을 나서는 것을 보면서 그녀는 평생 처음 좌절감을 느꼈고 서둘러 그 남자의 모든 것을 알아내려 했다.

"미안한데 그건 선을 넘는 행위요."

미스터 M은 냉정하게 말했다.

"더구나 이번이 우리의 마지막 극장 공연인 것 같소. 우리 계약은 중지되었소."

"그들은 이게 불법이라고 생각하나 보죠?"

G여사는 그것밖에 이유가 생각나지 않았다.

"그건 아니고."

미스터 M은 웃었다. 여전히 착잡한 눈빛이었다.

"방향이 바뀌었소. 그들은 당신이 전 인류의 것이라고 생각하오. 소수 특권계급의 것이 아니라. 그래도 당신에게는 역시 매니저가 필요하지. 그렇지 않소?"

G여사는 이렇게 된 것이 그 남자와 관련이 있음을 직감했다. 그녀는 두려웠다. 만천하에 몸을 드러내는 것은 무대 위에서 스포트라이트를 받는 것과는 또 다른 일이었다. 하지만 그녀는 이번에도 선택의 여지가 없었다.

광장에서의 첫 번째 공연은 결국 재난으로 이어졌다. G여사는 혼비백산한 채 헬리콥터에 실려 가며 발밑에서 수만 명의 사람들이 끓어오르는 바다처럼 뒹굴고, 짓밟고, 싸우고, 약탈하고, 강간하고, 불을 지르는 것을 내려다보았다. 성적 충동은 신속하게 폭행으로 돌변하여 인파 속에서 전염병처럼 퍼져나갔다. 시체들이 사람들에게 질질 끌려 가며 땅바닥에 긴 핏자국을 그리는 것이 보였다. 그녀는 고통스러워하며 눈을 감았다.

"이건 당신 잘못이 아니오."

미스터 M은 전율하는 G여사를 위로했다.

"이제 매체에서만 공연을 해야겠군."

그들은 실제로는 매체만 이용하지는 않았다. 라이선스를 줘서, 엄선한 24회의 공연 동영상이 내장된 홀로그램 단말기를 제작, 보급하게했다. 사람들은 그 동영상을 '성스러운 영상'이라고 불렀다. 불법 소프

트웨어 시장에서는 큰돈을 들여 코드를 풀었지만 기술로는 해결되지 않는 문제가 있었다. 샤머니즘에 가까운 어떤 소박한 신념이 퍼져, G 여사가 전달하는 성적 에너지는 현장의 것이 제일 강하고 그 다음은 '성스러운 영상'이며 또 그 다음은 대중매체라고 믿어졌다. 불법복제된 성스러운 영상은 경건하지 못해 효과가 가장 떨어진다고 간주되었다.

광장에서의 공연은 124명의 사망자와 수천 명의 부상자를 낳았다. 그 사건은 집단적인 성적 소요로 성격이 규정되었다.

G여사는 모든 공연 요청을 거절하고 고민에 빠졌다. 오르가즘은 인간의 심신에 희열을 일으키고 성적 감각을 깨워 내면에 숨겨진 힘을 해방시켜주지만 한편으로 통제 불가능한 파괴력을 갖고 있기도 했다. 그것은 이 세상에 필요한 성이 아니었다. 사랑으로 세상은 구하는 환상은 이미 깨져버렸고 더 이상 섹스를 이용해 공연을 할 필요도 없었다.

'그렇다면 내 존재의 의미는 뭐지?'

그녀는 다시 자아의 정체성 위기에 빠졌다. 이번에는 선종의 지혜를 빌려 '공空'에 진입해보기로 했다. 호흡을 세며 잡념을 내려놓은 채 망상의 반복적인 발생과 소멸을 직관했다. 하지만 아무리 애써도 맑고 고요한 부처의 심적 경지에 이를 수가 없었다. 또한 초록색 램프가 꺼지지 않았던 그 남자 외에도 메스를 들고 있던 의사 S까지 마음속에서 지워지지 않는다는 것을 알고 놀라지 않을 수 없었다.

그 두 사람에게는 어떤 공통점이, 즉 G여사에 대한 면역이 존재하는 것이 분명했다.

별안간 그녀의 머릿속에 그 다음 행보가 똑똑히 떠올랐다.

이번 쇼는 규모가 전무후무했다. 전 세계 중계권이 월드컵 개막식

수준의 가격으로 팔렸고 현장 관객들은 엄격한 심사를 거쳐 안전이 확보되었다. 분위기를 띄울 초대 손님의 진용도 화려했다. 인도 카마 수트라 공연단과, 에로틱 전자음악 전문 DJ인 포가 열광적인 분위기를 비등점에 가깝게 끌어올렸다. 그리고 바로 주인공이 극적인 방식으로 등장했다.

헬리콥터에서 구체 하나가 줄에 매달린 채 내려와 지상 200피트 높이에서 멈춘 뒤, 스타디움 지붕에 특별히 설치된 받침대에 걸려 자리를 잡았다. 모든 대형 스크린에 그 구체의 클로즈업 영상이 비쳤다. 투명한 케이스가 서치라이트의 빛을 받아 유리처럼 빛났다. 몸에 꼭 맞는 반투명의 옷을 걸친 G여사가 마치 태아처럼 온몸을 구부린 채 그 구체 속에 떠 있었다.

환호성이 폭발하듯 솟구쳤다 잦아든 뒤, 불빛이 점차 어두워지고 마치 성스러운 대관식이나 세례식을 앞둔 듯 스타디움 전체가 조용해졌다.

한 줄기 빛기둥이 아래에서 위로 발사돼 구체에 부딪친 다음, 빛의 분수가 되어 사방으로 흩어지며 전자드럼의 소리에 맞춰 경련하듯 색깔이 바뀌었다. 약물의 도움 없이도 사람들은 환상적인 세기의 파티에 와 있는 듯했다. 빛과 색이 그들의 망막 위에서 뛰놀고 넘쳐흐르며 신경을 맹렬히 자극했다. 구급 요원들은 과도한 흥분으로 기절하는 이들을 바삐 실어 날라야 했다.

G여사는 편안하게 몸을 폈고 수억 년간 진화한 생명을 흉내 내며 결국 인간의 모습이 되었다. 그녀는 현란한 불빛 아래 경건하게 서 있는 사람들의 물결을 응시하며 성모 마리아처럼 두 팔을 벌리고 미소를 지었다.

스크린 위에 거대한 글자가 나타나 반짝이기 시작했고 스타디움의 모든 관중이 박자에 맞춰 입을 모아 소리쳤다.

"Make me come!"

"Make me come!"

"Make me come!"

이번에는 가느다란 초록색 광선이 관중석에서 발사돼 드넓은 밤하늘을 가로질러 구체를 향해 날아갔다. 그리고 대형 스크린이 클로즈업 영상으로 바뀌었다. 초록색 광선은 케이스를 뚫고 G여사의 앞가슴에 명중했다. 그러자 감광의感光衣가 파란빛을 띤 백색 전류를 번뜩여 피부로 전달했고 여신은 온몸의 털이 곤두선 채 살짝 입을 벌렸다. 거대한 신음소리가 돌비 시스템을 통해 스타디움 전체를 뒤덮었다. 관객들은 거의 동시에 파도처럼 술렁였다. 스크린에 비친 피부의 떨림이 좀처럼 가라앉지 않았다.

관객들은 그제야 자리 밑에 설치된 레이저 포인터의 용도가 무엇인지 알았다.

초록색 광선들이 빗발처럼 날아가 스타디움 한가운데에 불균일한 원추 모양을 이루면서 구체 안에 모아져 성난 파도처럼 G여사를 집어삼켰다. 계절풍이 불 때의 남태평양 구름층에서처럼 그녀의 유두, 겨드랑이, 사타구니, 귓불, 배꼽, 손바닥에서 아크 방전이 일어났다. 그녀는 마치 천천히 돌고 있는 프랙탈 그래픽인 양 피부와 근육에 사지와 비슷한 높이의 나선 모양이 나타났고 동시에 만다라처럼 끝도 없이 즙액과 쾌락을 만들어냈다.

그 모든 것이 홀로그램 스크린을 통해 관객들의 시각에 충격을 주고 있었다. 그들은 이미 미쳐버렸다.

안보 부서는 긴급히 인원을 집결시켜 통제 불능의 상황을 대비했다.

광란 속에서 G여사는 자기가 최초의 그 비 오던 밤으로 돌아온 것 같았다. 폭풍우가 치는 듯한 빛의 장막을 통해 밤하늘을 바라보았다. 무수한 별이 반짝였고 아무것도 바뀌지 않았다. 오르가즘 속의 인류는 과거처럼 시공의 제한을 받으며 감각의 감옥 안에 갇혀 있었다. 그녀는 문득 마음이 한량없이 맑아지고 평온해졌다. 그리고 모든 것이 한순간에 굳어졌다. 맑고 투명한 체액, 반짝이는 먼지, 어지러운 빛무리 그리고 세계 전체가.

"멈춰요."

그녀가 말했다.

"멈추라고요."

초록색 광선이 구체에서 떨어져 사라졌고 음악도 멈췄다. 비등점에 있던 사람들은 점차 열기가 식어가며 어리둥절한 눈초리로, 본 것을 다 실현시키고 사유까지 대신해주던 그 스크린을 바라보았다. G여사는 차분히 얼굴의 액체를 닦고서 십만 명에 달하는 그 리비도의 신도들을 마주했다.

"오르가즘은 존재하지 않아요. 난 거짓일 뿐이고요."

그녀는 말했다.

"모든 것은 환각이고, 모든 것은 자아에서 비롯되고, 모든 것은 결국 적멸로 돌아가죠."

관객들은 그 경구의 의미를 이해하려 애썼다. 그리고 환멸을 느꼈다. 누구는 울음을 터뜨렸고 누구는 화가 나 안전 방어벽을 뚫고 들어가려 했지만 대부분은 조용히 일어나 자리를 떴다. 그들이 한때 소유했던 성적 감각이 그들의 생명에서 사라지는 것은 이제 시간문제인 듯했다. 동시에 그 비통한 영상이 위성채널을 통해 전 세계 인구의 85퍼센트에게 방송되어 그들을 한동안 불감증에 빠뜨렸다.

엉망이 된 현장을 바라보던 G여사는 온몸에 힘이 쫙 빠졌다. 거짓말을 하지 않을 수 없었다. 더 이상 메시아 역할을 할 기운이 없었으며 헛된 희망은 그녀와 전 인류를 함께 불태울 게 뻔했다. 그녀가 할 수 있는 일은 성적 감각의 권력을 각자에게 돌려주는 것뿐이었다.

하지만 그녀는 자기가 어떻게 될지는 예상하지 못했다.

'콜드 이퀘이터'라는 이름의 극단적 종교조직이 사기와 신성모독을 이유로 G여사를 살해할 것을 조직원들에게 명했다. 그런데 그들이 정한 살해 방식이 퍽 아이러니했다. 반드시 오르가즘 상태에서 죽이라고 했다.

그녀는 특수 체질이어서 성형수술의 후유증을 견딜 수 없었다. 그래서 겨우 이름만 숨긴 채 국경 사이에서 도망을 다녔다. 예전 고객들에게 보호를 요청해보기도 했지만 그들은 대부분 엄청난 거물인데도 무정하게 퇴짜를 놓았다. 그 이유는 그녀를 죽이러 쫓아다니는 자들과 똑같았다. 자신들에게 사기를 쳤기 때문이라고 했다. 더 아이러니한 사실은, 진상이 알려진 뒤로는 G여사의 연기가 더 이상 그들에게 눈곱만큼도 성욕을 일으키지 못하게 된 것이었다.

'그래서 어떤 의미에서 보면 나는 그들을 속인 게 아냐.'

G여사는 그렇게 생각했다.

다행히 미스터 M은 약속대로 거액의 보수와 위약금을 지불했다. 그는 두 팔을 벌렸다가 내리고서 마지막으로 건강하라는 한 마디만 남긴 뒤 검은색 캐딜락 속으로 사라졌다.

도주는 힘든 일이었다. G여사처럼 상징적인 인물에게는 특히 더 그랬다.

그녀는 거액을 들여 인적이 드문 곳에 숨었고 또한 더 거액을 들여 자신을 위해 일해줄 사람을 매수했다. 그러나 민감한 체질을 위한 특수 기계로 인해 남의 이목을 피하지 못했다. 몇 년 사이에 그녀는 철새처럼 알프스 산자락에서 몽골의 홉스굴 호숫가로 피신했고 심지어 통가 공화국에서 무인도 하나를 빌리려고도 했다. 하지만 평화는 늘 짧았고 콜드 이퀘이터의 마수는 미치지 않는 데가 없었다. 그들은 더 큰 돈과 명예를 지불했다.

마지막으로 그녀가 요행히 도망친 곳은 뉴질랜드 남섬의 밀포드 사운드였다. 마음씨 착한 현지 가이드가, 거칠어 보이는 외지인들이 테아나우로 가는 길목에서 지나가는 차들을 붙잡고 그녀의 사진을 보여주고 있다고 일러주었다. 기차역도 없고 정기 항공편도 없는 상태에서 사방이 다 깎아지른 듯한 절벽과 빙하뿐이었기 때문에 G여사는 막막한 표정으로 그 허약한 청년을 쳐다보았다. 청년은 그녀의 눈길을 피해 물에 거꾸로 비친 마이터 봉의 그림자 쪽으로 시선을 돌렸다.

그들이 탄 배가 가로막혔다.

운항회사도 매수된 게 분명했다. 몇 명의 사내가 아무 신분증도 제시하지 않고 선창을 수색했다.

"이 안에 뭐가 있지?"

두목으로 보이는 남자가 갑판의 숨겨진 문을 가리키며 물었다.

"생선이에요."

청년이 그 문을 열자 고약한 비린내가 확 풍겼다.

"다 죽었어요."

두목은 눈살을 찌푸리고 몇 걸음 물러선 뒤, 부하에게 뒤져보라고 지시했다. 그 사람은 문가로 다가서서 욕을 내뱉고는 소매를 걷고 생선 더미 속에 손을 쑤셔 넣었다.

G여사는 온몸이 미끈거렸으며 비린내 때문에 거의 기절할 지경이었다. 사방의 물고기 시체가 다 휘저어져 작은 비늘들이 그녀의 피부를 마찰했다. 그녀는 이를 악물고 온힘을 다해 신음소리를 참았다. 그때 손 하나가 그녀의 복사뼈 부분을 만졌고 즉시 강렬한 쾌감이 밀려와 그녀는 어쩔 수 없이 온몸을 부르르 떨었다.

부하는 안색이 변해서 손을 빼고는 사나운 눈초리로 얼굴이 하얘진 그 청년을 노려보았다. 그리고 몇 초 뒤 배 가장자리에 엎드려 구토를 하기 시작했다.

"제길, 아직 안 죽은 놈이 있잖아."

그는 헛구역질을 하며 욕을 했다.

G여사는 그런 생활에 신물이 났다. 그녀는 스스로 끝장을 내기로 했다. 영원한 처녀의 몸으로, 남에게 처형을 당하기 전에.

그녀는 고향으로, 공작화가 활짝 피는 그 도시로 돌아갔다. 집에서 한 블록 떨어진 호텔에 짐을 풀고 멀리서 노쇠한 부모를 바라보았다. 지난 일들이 어제처럼 생생하게 떠올랐다. 그녀는 자기가 벌써 오래전에 늙어버렸다는 생각이 들었다. 뭔가를 남기고 싶었지만 돈을 빼고는 아무것도 남길 만한 것이 없는 듯했다. 추억은 특히나 더 그랬다.

부모님을 제외하고 그녀는 누구도 진정으로 사랑한 적이 없는 듯했다. 그녀는 자신의 생명을 전부 오르가즘을 좇는 데 썼고 결국 오르가즘 속에서 죽게 되었다. 오르가즘이 전부인 인생은 오르가즘이 없는 것이나 마찬가지가 아닐까. 그녀는 자신의 잘못이 어디에 있는지 알 수가 없었다. 남들과 달라졌다가 보통 사람으로 돌아온 게 아니면 그 반대인 듯했다. 혹은 감히 유한한 육체로 무한한 경계를 좇았기 때문이었다. 만물은 유한한데도 말이다. 우주도, 자유도, 사랑도.

오르가즘도 예외가 아니었다.

그녀는 자신의 신도가 되었지만 희생할 수는 없다는 것을 깨달았다.

어지러운 상념에 시달리며 그녀는 호텔의 마사지 욕조를 열었다. 16개의 분사 꼭지가 5단계로 수압이 조절되었고 다양한 모드를 선택할 수 있었다. 그녀는 그 용솟음치는 액체 속에서 탈수되어 죽을 작정이었다.

G여사는 심호흡을 하고 욕조 속에 들어갔다. 쾌감이, 끝없이 계속되는 쾌감이 몸 전체를 감쌌고 그녀의 몸은 물살보다 더 맹렬히 꿈틀거렸다. 그녀는 정신이 아득해지며 물 한 모금을 들이켰다. 오르가즘이 끊임없이 피부 구석구석을 두드리고 땀구멍 하나하나마다 파고들었다. 그녀는 조금 후회가 되어 정지 스위치를 누르려 했지만 손이 미끄러졌다. 욕조 속에서 나른한 몸을 일으켜 앉아보려고도 했지만 중력이 그녀를 아래로 끌어당겼다. 끈적끈적한 체액이 암류처럼 용솟음치면서 그녀는 눈앞이 희미해지기 시작했다. 시간이 정체되는 그 익숙한 느낌이, 나뭇진이 날벌레를 감싸듯 그녀를 옴짝달싹 못하게 했다.

모든 것은 환각이고, 모든 것은 자아에서 비롯되고, 모든 것은 결국 적멸로 돌아간다.

모든 것은 적멸로 돌아간다.

큼지막한 손이 그녀를 물속에서 꺼내 바닥에 내려놓은 뒤, 그녀의 상체를 아래로 기울이고 흉강을 압박해 물을 토하게 했다. G여사는 격렬히 기침을 했다. 피 섞인 물이 그녀의 입에서 쏟아졌다.

그녀는 그 사람을 정면으로 보지는 못했지만 흐릿한 의식 속에서 누군가의 얼굴이 거품처럼 떠올라 점차 모습을 갖췄다.

끝까지 초록색 램프가 꺼지지 않던 그 남자였다.

바로 그였다. 그의 눈빛 속에는 욕망이 아니라 관심이 가득했다. 세계가 다시 비틀려 클라인의 항아리 모양이 되었다.

"당신이 나를 구했군요."

G여사는 그런 전형적인 대사가 자기 입에서 나올 줄은 미처 몰랐다.

"아닙니다. 당신이 나를 구했어요."

그 남자는 G여사의 손을 쥐고 자신의 사타구니로 가져갔다. 그녀는 딱딱한 물건을 만졌지만 그것은 음경이 아니었다. 용기 모양의 보호 장치였다. 그녀는 뭔가를 깨달은 듯했다. 또 다른 바람이 진정한 신도가 된 것이다.

"내가 어떤 일을 겪었는지 당신은 알지 못해요."

남자는 낮은 목소리로 말했다.

"당신 없이 나는 혼자 살 수 없어요."

G여사는 그를 바라보았다. 번개가 갈라놓은 자신의 다른 반쪽을 보고 있는 듯했다.

"나보다 더 잘 알 수 있는 사람은 없어요."

그녀는 답했다.

G여사와 미스터 F는 망망대해 앞에 나란히 서 있었다. 하지만 서로 기대고 있지는 않았다.

바닷바람이 살며시 불어왔고 그들은 움직이지도, 이야기를 나누지도 않았다. 그저 거기에 서서 두 눈을 감고 있었다. 파도가 모래사장에 철썩이며 흔적을 남겼지만 아무것도 남지 않았다.

그들은 시간을 잊고, 공간을 잊고, 잊은 것을 잊은 듯했다.

바다와 하늘 사이처럼 기나긴 종지부였다.

그러고 나서 그들은 도착했다. 천천히, 맹렬히, 축축하게, 동시에 도착했다.

포스트 라이프

초판 인쇄	2021년 1월 4일
초판 발행	2021년 1월 11일

지은이	왕웨이롄·하오징팡 외
옮긴이	김택규
펴낸이	강성민
편집장	이은혜
마케팅	정민호 김도윤 최원석
홍보	김희숙 김상만 이소정 이미희 함유지 김현지 박지원

펴낸곳	(주)글항아리	출판등록 2009년 1월 19일 제406-2009-000002호
주소	10881 경기도 파주시 회동길 210
전자우편	bookpot@hanmail.net
전화번호	031-955-2682(편집부) 031-955-2696(마케팅)
팩스	031-955-2557

ISBN	978-89-6735-857-0 03820

글항아리는 (주)문학동네의 계열사입니다.

잘못된 책은 구입하신 서점에서 교환해드립니다.
기타 교환 문의 031-955-2661, 3580

geulhangari.com